오늘의 기분은 사과

## 차 례

| | |
|---|---|
| 아는 꿈 | 7 |
| 전학생 | 22 |
| 머리 위 구름 | 33 |
| 타임캡슐 | 46 |
| 옐로카펫 | 60 |
| 빈 의자 | 77 |
| 지구의 모양 | 95 |
| 절교할 결심 | 109 |
| 오늘의 기분은 (   ) | 123 |
| 마음의 지옥 | 135 |
| 너의 조각 | 151 |
| 비와 산책 | 164 |
| 낯설고도 다정한 | 180 |
| 장마가 지나고 | 196 |
| | |
| 작가의 말 | 206 |

# 아는 꿈

아는 꿈을 꾸었다.

눈을 뜨니 내 방 벽지가 가장 먼저 보였다. 머리맡에 놓아 둔 휴대폰을 집어 들었다. 설정해 놓은 알람은 아직 울리기 전이었다.

쿵, 쿵, 쿵. 심장박동이 느껴졌다. 생생한 꿈에서 막 깨어나면 현실로 덜 돌아온 듯한 기분이 든다. 자신이 처한 상황을 인식하는 능력을 '지남력'이라고 한다고, 어느 책에서 본 적이 있다. 나는 휴대폰을 내려놓고 지금 상황을 떠올려 보았다. 오늘은 월요일. 그러니까 학교에 가는 날. 지금은 오후가 아닌 오전 6시 52분. 내가 누운 곳은 내 방 침대. 나는 어제 잠들기 직전까지 태블릿으로 영화를 보고 있었음. 내 이름은 김이경.

오케이. 나는 침대를 박차고 일어나 방 밖으로 나갔다.

"벌써 깼어?"

부엌에 있던 엄마가 나를 돌아보았다.

"응. 아빠는?"

"벌써 나갔지. 시끄러워서 깼어?"

"아니. 꿈 때문에."

무슨 꿈이길래? 물어볼 법도 한데 엄마는 더 묻지 않았다. 꿈 이야기는 가급적 12시 전에 하지 말 것. 왜냐하면 부정을 탈 수도 있음. 어릴 때부터 어른들한테 듣던 말이었다.

"엄마, 새벽에 비 왔어?"

"아니. 비는 오후에 온다고 하던데?"

잠결에 빗소리를 듣고 그런 꿈을 꾼 게 아니었나? 나는 지난밤 꿈을 돌이켜 보며 식탁에 앉았다.

꿈속에서 나는 텅 빈 방 안에 있었다. 문은 없고 창문만 있는 직사각형 방. 창문 틈으로 무언가 스며들었다. 연기인가, 불이 난 건가. 위급한 상황이라는 것을 알아챘지만 당연하게도 몸은 내 마음대로 움직이질 않았다. 무력하게 지켜보고만 있는데 방 안 벽지가 보기 싫게 우그러졌다. 눈을 뜨기 직전 생각했다. 망했다, 여긴 지금 안전하지 않아. 잊을 만하면 종종 꾸는 꿈이었다.

밥을 다 먹고 교복까지 챙겨 입은 뒤 거실로 나왔다. 평소보다 조금 일찍 일어났을 뿐인데 여유로웠다. 텔레비전 채널을 돌리다가 아침 뉴스에서 멈췄다. 헬멧을 쓴 누군가를 추적하는 CCTV 화면들이 교차됐다. 마지막은 나도 SNS에서 몇 번이나 본 장면이었다.

헬멧을 쓴 남자가 행인에게 마구잡이로 달려들어 공격하는 장면. 묻지 마 폭행, 피의자, 경찰 출석. 화면 하단 빠르게 바뀌는 자막들 사이 한 줄이 눈에 띄었다. 범행 이유 묻자 '모른다', '그냥 기분 나빠서' 대답.

"나갈 시간 안 됐어?"

방에서 엄마가 묻는 말소리가 들렸다.

"우산 꼭 챙기고."

"알겠어. 근데 엄마."

"응?"

"세상에 이상한 일이 너무 많아."

뭐라고? 못 들었어! 드라이기 소리에 묻힌 엄마의 말소리가 그렇게 묻는 듯했다.

"아냐. 갔다 올게!"

현관 문고리를 잡았다. 갔다 올게. 집을 나설 때마다 습관처럼 하는 말인데 새삼스럽게 느껴질 때가 있다. 잘 다녀오는 것. 그게 정말 나의 의지만으로 가능한 일인가?
  후우우. 나는 심호흡하듯 길게 숨을 내뱉고 문을 열었다.

급식을 먹고 오니 교실 창밖 하늘이 우중충한 색으로 바뀌어 있었다. 학교 끝나고 서점 가야 하는데. 비가 잠깐 내리다 집에 갈 때쯤엔 말끔히 그쳤으면 좋겠다. 창밖을 보며 상념에 빠져 있다가 퍼뜩 정신이 들었다.
  "김이경? 이경이가 누구였지?"
  아이들의 시선이 모여들었다. 나는 조심스레 손을 들었다.
  "아, 그래. 이경이 일어나 봐."
  수업 시간에 이름이 불린다는 것은 반가운 일은 아니다. 하지만 나를 보는 선생님의 얼굴은 너그럽기만 했다. 끼이익. 의자가 바닥을 긁으며 기분 나쁜 소리를 냈다. 그게 거슬렸는지 아이들의 인상이 구겨졌다. 그러거나 말거나, 선생님은 내가 여태 본 것 중 가장 환하게 웃으며 말했다.
  "자! 모두 김이경에게 박수!"
  누군가를 시작으로 아이들이 짝짝 박수를 치기 시작했다.
  "다들 시험 점수 확인했지? 이경이가 이 반에서 혼자 만점 받았어."

여기저기서 오오, 하는 소리가 튀어나왔다. 선생님은 조금 전까지 김이경이 누군지도 몰랐으면서 지금은 세상 기특하다는 얼굴로 나를 보고 있었다. 반 아이들도 마찬가지였다. 새 학기가 시작한 후로 나와 말 한마디 섞어본 적 없는 아이들이 오호, 대박, 하면서 엄지를 들어 보였다.

짧은 소란이 지나고 수업이 이어졌다. 아이들은 이내 지루한 표정으로 돌아왔다. 내 머릿속은 지난 영어 시험지를 받아 들었을 때로 돌아가 있었다. 한 장짜리 쪽지 시험이었지만 내신 점수에 반영되는 중요한 시험이었다. 막히는 문제 없이 술술 풀리는 것이 나도 이상하긴 했다. 문제에 함정을 숨겨놓지 않았을까? 아무리 지문과 보기를 다시 살펴도 답은 분명했다. 선생님이 수업 시간에 나눠 준 유인물에 그대로 있던 지문들이었으니까. 지문 속 어디에 빈칸을 만들어놔도 거기 들어갈 알맞은 단어를 골라낼 자신이 있었다. 쪽지 시험 준비로 반복해서 읽는 동안 문장을 거의 다 외웠기 때문이다.

수업이 끝나자 한 무리가 내 자리로 몰려왔다.

"이경아, 너 영어 어디 다녀?"

"영어는 따로 안 다니는데."

"그럼 과외?"

"아니."

나를 둘러싸고 묻던 아이들이 묘한 눈짓을 주고받았다. 내가 거짓말한다고 생각하는 걸까? 나 정말 영어는 따로 안 배우는데.

아이들은 다른 말 없이 가버렸다. 교실 뒷문을 나서며 누군가 툭 말했다.

"야, 시험 문제 좀 이상하지 않았어?"

"우리 학원 쌤도 그러더라. 문법 문제는 무식하게 지문만 달달 외운 애들이 오히려 잘 풀겠다고."

"근데 쪽지 시험 만점이 일어나서 박수받을 일이야?"

투덜거리는 말소리가 문 너머로 사라졌다. 귀 끝이 화끈거렸다.

"걔들 말은, 시험 문제가 이상했다는 얘기잖아. 영어 쌤도 아니고 네가 왜 기분이 나빠?"

"아니. 기분 나쁘다는 게 아니라……."

"어쨌든."

어쨌든. 그건 규리가 관심 없는 주제를 대강 마무리 지을 때 자주 쓰는 말이었다. 삐딱하게 앉아 휴대폰을 보는 규리의 손동작은 무심하기만 했다. 슥, 슥. 화면 속 숏폼 영상들은 몇 초도 되지 않아 다른 화면으로 넘어갔다.
"걔들은 시험 망해서 그러겠지. 신경 쓰지 마."
"응."
근데 신경이 쓰이는데 신경을 안 쓰는 건 어떻게 하는 거야? 묻고 싶었지만 입을 다물었다. 궁금한 대로 다 물었다간 '말귀를 참 못 알아듣네', '넌 정말 눈치가 없구나' 하는 익숙한 핀잔을 듣게 될 테니.
규리는 방금까지의 대화는 머릿속에서 싹 지운 듯 화면 속 영상에만 집중하고 있었다. 나에겐 익숙한 반응이다. 친구들은 내가 어렵고 복잡한 문제를 고민이랍시고 꺼내놓으면 다들 그건 별일 아니라며 가볍게 대꾸했다. 그러면서 자기들 이야기는 큰일이라도 난 것처럼 심각하게 떠들었다. 이건 충분히 기분 나쁠 만한 일이고, 그건 아냐. 아이들은 그렇게 선을 긋는 일이 하나도 어렵지 않은 듯 보였다. 그런 건 학교에서 가르쳐주는 것도 아닌데 어떻게 아는 걸까?
아이스티를 한 입 마셨다. 그새 얼음이 녹아 밍밍했다.
"어쩌다 잘 친 건데. 다들 내가 모범생인 줄 아나 봐."
그 말에 규리가 정색했다.
"애들 앞에서 그렇게 말하면 욕먹을걸?"
"응?"

"아니, 좀 그렇잖아."

나는 '좀 그렇다'라는 말만큼 모호한 말도 없을 거라고 생각한다. 부정적인 의미라는 건 대강 알겠지만, 무엇이 '좀' '그렇다'는 건지는 항상 가려져 있었다.

"어? 나 가야겠다. 학원 끝나면 톡 할게!"

규리는 뒤도 돌아보지 않고 편의점을 빠져나갔다. 나는 규리가 두고 간 컵을 쓰레기통에 버렸다. 편의점에서 나와 정류장까지 걷다가 무엇이 문제였는지 알아챘다.

그러게. 만점을 받는 게 쉬운 일은 아닌데 '어쩌다'를 갖다 붙였으니 이상해 보였겠구나. 까딱하면 잘난 척으로 보일 수도 있으니까. 규리도 그렇게 느꼈을까? 나 잘난 척한 거 아냐, 이렇게 톡이라도 보낸다면 어떨까. 규리의 반응이 그려졌다. '엥?', '뭘 또 굳이 그런 걸 해명하니', '순진한 김이경 ㅋㅋㅋ'.

버스를 타고 낯선 동네에 내렸다. 아는 사람 하나 없는 꽤 먼 동네까지 찾아온 이유는 하나였다. 이 근처 중고 서점에 내가 애타게 찾던 영화 각본집이 들어왔다는 것. 이미 절판이 된 데다 중고 사이트를 뒤져도 정가의 두 배가 넘는 터무니없는 가격을 제외하고는 찾아볼 수 없던 매물이었다. 그런데 무려 대중교통으로 갈 수 있는 거리의 중고 서점에 들어온 거다!

 대중문화 코너에서 각본집을 찾았다. 서점을 더 둘러볼까 했지만 얼른 집으로 가서 각본집을 한 장 한 장 뜯어볼 생각에 두근두근했다. 계산을 마치고 나오니 서점에선 10분도 채 보내지 않았다.

 전자마트 앞 정류장에 도착했다. 매장 통유리창 너머로 전시된 대형 텔레비전이 보였다. 심각한 얼굴로 말하는 앵커에게서 CCTV 화면으로 장면이 이어졌다.

 화면 속 도심의 어느 도로에서 차가 이상한 꼴로 달리고 있었다. 방향감각을 상실하고 휘청대는 취객처럼 불안정하게만 보였다. 방향이 틀어진 차가 향한 곳은 상가 앞 인도였다. 놀란 행인들이 건물 안으로 뛰어 들어가거나 반대 방향으로 달려갔다. 덜컥, 하고 인도의 턱을 넘어선 차가 잠깐 멈칫하더니 별안간 속도를 높였다. 다음 상황이 나오기 직전, 나는 눈을 질끈 감고 고개를 돌렸다.

 "저, 저 썩을 놈."
 "저런 건 바로 감방 집어넣어야지."

 옆에서 화면을 보던 사람들이 한마디씩 거들었다. 누가 재생 버튼이라도 누른 것처럼 머릿속에선 원하지 않는 영상이 이어졌다. 어릴 때는 내가 호그와트 초대장을 받게 되거나 학교에 좀비 떼가 쳐들어오는 상상을 종종 했다. 그런 상상 속에서는 아무리 시공간이 뒤틀리고 내가 현실의 모습과 달라져도 그저 즐겁기만 했다. 하지만 언제부터인가 상상의 장르가 바뀌었다.

버스가 도착했다. 나는 뒷자리로 가 앉았다. 저마다 휴대폰 화면에 빠져 있는 승객들의 모습을 보니 안도감이 들었다. 그때 버스 바닥에 떨어져 있는 무언가가 눈에 들어왔다. 반으로 접힌 지폐였다. 그 바로 옆, 외투 주머니에 손을 찔러 넣은 아저씨는 창밖만 보고 있었다. 그리고 근처에서 바닥을 힐끗거리는 교복 무리가 보였다. 그중 한 명이 슬그머니 다가가더니 지폐 위에 발을 얹었다.

바닥에 떨어진 지폐. 6학년 교실. 익숙한 장면이 떠올랐다.

"이경아, 너 대박 착하더라."

체육 시간이 끝나고 돌아온 교실 안에서 아이들이 나를 빙 둘러싸더니 그중 최은지가 말했다. 수업이 끝날 때쯤 나는 선생님에게 운동장에서 5000원을 주운 사실을 알렸었다. 돈을 주운 아이가 어떻게 해야 할지 고민하길래 내가 대신 나섰던 것이다.

"아, 고마워."

내가 수줍게 대답하자 아이들이 품, 하고 웃음을 터뜨렸다.

최은지 무리가 다른 곳으로 몰려가고 나서 한 아이가 다가와 말했다.

"김이경. 너 비꼬는 거잖아. 냅다 고맙다고 하면 어떡해?"

"응?"

"넌 눈치도 없어?"

나는 아무 대꾸도 하지 못했다. 착하다는 말이 나쁜 뜻이 될 수 있다는 것도, 양심을 지키는 행동이 눈치 없는 짓이 될 수 있다는 것도 그때 처음 알았다.

"아저씨, 돈 떨어졌어요."

뒷문 앞에 서 있던 검은 후드가 말했다.

"저기 발밑에요."

검은 후드가 장우산으로 지폐를 밟고 있는 발을 가리켰다. 그 발의 주인은 자기도 몰랐다는 양 과장되게 손을 저으며 물러났다. 아저씨가 자기 주머니를 뒤지더니 어이구, 하며 지폐를 집어 들었다. 별거 아닌 해프닝이었다. 그런데도 지켜보고 있는 내 마음이 이상하게 조마조마 불편했다.

교복 무리는 뒷문 기둥을 잡고 서 있는 검은 후드를 자꾸 힐끗거렸다. 검은 후드가 자기들 돈을 뺏기라도 했다는 듯 적대적인 눈빛이었다. 그중 한 명과 눈이 마주쳤다. 그 아이는 어이없다는 표정으로 뭐야, 중얼거렸다. 나는 황급히 시선을 피했다.

　학교 안에서는 혼자 있어도 아무렇지 않은데. 그 공간을 벗어나면 또래 아이들이 뭉쳐 있는 모습만 봐도 마음이 쪼그라든다. 혼자 덩그러니 있는 내가 우습게 보이지 않을까. 쟤, 걔 아냐? 6학년 1반 은따. 최은지가 극혐하던 애. 그런 말이라도 수군거리지 않을까.

"근데 저 검은색 차 이상하지 않아?"

"그치? 끼어들고 난리야."

"미친. 술 취했나?"

　교복 무리의 말소리가 커졌다. 나와는 관련 없는 이야기. 그런데도 자꾸 신경이 곤두섰다.

　버스가 정차했다. 검은 후드가 차에서 내렸고, 나도 얼른 일어나 그 뒤를 따랐다. 내가 왜 내렸지? 정신을 차렸을 때는 버스가 이미 떠난 후였다. 여기서 세 정거장은 더 가야 우리 동네였다. 다음 버스를 탈까, 잠깐 고민하다가 그냥 걷기로 했다.

　후드득, 굵은 빗줄기가 떨어지기 시작했다. 가방에서 우산을 꺼냈다. 저만치 앞서 걸어가는 검은 후드도 들고 있던 우산을 펼쳤다.

　검은 후드와 나는 계속 같은 방향으로 걷고 있었다. 하필 걷는 속도도 비슷해서 검은 후드와 나 사이의 거리는 벌어지지도 좁혀지지도 않고 일정했다. 검은 후드의 주머니에서 무언가 떨어졌다.

"저기."

빗길을 내달리는 자동차 소리에 내 목소리는 그대로 묻혀 버렸다. 발걸음을 빨리하자 검은 후드가 조금씩 가까워졌다. 나는 젖은 바닥에서 교통카드를 주워 물기를 닦아냈다. 저기요, 한 번 더 부르자 검은 후드가 나를 돌아보았다.

"이거 떨어뜨렸어요."

우리는 눈이 마주쳤다. 내내 뒷모습만 봐서 몰랐는데 얼굴을 보니 내 또래 여자애였다. 여자애가 교통카드를 받아 들었다.

"너 김이경 맞지?"

여자애가 씩 웃었다.

"……나 알아?"

"기억 안 나? 나 전솔. 우리 같은 초등학교 다녔잖아."

"……."

"와, 진짜 기억 못 하는구나."

순간 떠오르는 이미지가 있었다. 높이 묶은 포니테일 머리에 체구가 자그마한 여자애. 하지만 지금 내 맞은편에 서 있는 여자애는 머리가 어깨까지 오는 단발에, 키도 나보다 더 크다. 내 기억이 맞나? 뭔가 떠오를 듯 말 듯 비슷한 얼굴이 가물가물했다. 집에 가자마자 졸업 앨범을…….

"졸업 앨범에는 찾아봐도 없을걸? 6학년 여름 방학 때 전학 갔었거든."

뭐지. 내 생각을 읽기라도 하는 건가?

"버스에서부터 낯이 익었는데. 정말 너였구나."

"그럼 너도 명원동 살아?"

여자애가 고개를 끄덕였다.

"근데 왜 거기서 내렸어?"

세 정거장 거리를 걸어오는 동안 내내 궁금했다. 반대로 저 아이가 나에게 묻는다면 난 솔직하게 답하지도 못할 거면서, 궁금한 마음에 불쑥 말이 튀어나와 버렸다. 정말 눈치도 없이.

"뭐, 그냥."

여자애가 무심하게 말했다. 너무 싱거워서 뭐라 대꾸할 의지조차 들지 않았다.

"그럼 또 보자. 안녕."

"안녕."

우리는 동네에 다 이르러서야 헤어졌다.

저녁이 지나고 잠들기 전, 나는 포털 사이트의 지역 기사란을 열어보았다. 교통사고, 시내버스, 음주 운전. 몇 개 키워드를 검색했다. 새로운 기사는 없었다. 마냥 개운하지만은 않은 안도감이 들었다. 조용히 휴대폰 화면을 껐다.

## 전학생

    같은 학교를 다녔지만 졸업 앨범에서는 찾을 수 없는 아이, 전솔을 다시 만나게 됐다. 나는 우리 학교 교복을 입은 전솔을 보고 나서야 지난번 전솔이 나에게 '또 보자'라고 인사했던 것이 떠올랐다.
    전솔은 다른 도시로 이사를 갔다가 다시 돌아왔다고, 원래는 효재초등학교에 다녔다고 웃으며 자기소개를 했다. 우리 반에서 효재초 출신은 나뿐이었다. 아마도 고등학교에선 흔히 볼 수 없을 전학생인 데다 원래는 이 도시에서 살았다는 말에 아이들의 눈이 호기심으로 반짝였다.
    쉬는 시간. 전솔이 선생님의 부름에 교무실로 간 사이, 삼삼오오 모여든 아이들은 이런저런 추측들을 내어놓기 시작했다.

"전학생 말이야. 왜 돌아온 걸까?"

"전학 갔다 다시 온 애는 진심 처음 봐."

"사고 쳐서 온 건 아니겠지?"

"에이, 그래 보이진 않던데?"

"근데 이경이 너도 효재초 아냐?"

아이들이 그제야 뒷자리에 우두커니 앉아 있는 나를 돌아보았다. 나는 고개를 끄덕였다.

"전학생이랑 초등학교 때 알았어?"

전솔과 나는 같은 반이었던 적이 없다. 그런데도 전솔이 어떻게 나를 알고 기억하는지 모르겠지만.

"그냥 얼굴만 아는 정도?"

"……."

적막이 흘렀다. 내가 뭘 잘못 말했나? 전부터 종종 있는 일이었다. 다들 실컷 떠들다가도 내가 한마디 끼어들면 대화가 뚝 멈춰버렸다. 귀신이라도 지나간 것처럼.

때마침 전솔이 앞문으로 들어섰다. 모여 있던 아이들이 자리로 흩어졌다. 아무 일도 없었다는 듯 다들 조금 전의 표정을 싹 지워버린 얼굴이었다.

자리에 앉은 전솔이 내 시선을 느꼈는지 이쪽을 보았다.

눈이 마주치자 전술이 씩 웃었다. 며칠 전 우연히 만난 나와 같은 반이 됐는데도 별로 놀라지 않은 눈치였다. 전학을 갔다가 다시 돌아온 것도 그렇고, 이상한 아이일지 모른다. 나는 슬며시 시선을 피했다.

"동아리 가입 신청서 냈어? 신청 기간 내일까진데."
수업이 끝나고 규리네 반으로 찾아갔다. 규리는 나를 쳐다보지도 않고 말했다.
"잠깐만. 나 숙제하잖아."
짜증이 잔뜩 섞인 목소리였다. 나는 가만히 기다렸다. 목어딘가가 따끔거렸다. 주변을 둘러보니 규리네 반 아이들이 이방인인 나를 경계하듯 지켜보고 있었다.
"나 복도에 나가 있을게."
"어어."
규리가 노트에 뭔가를 베껴 쓰며 대충 답했다. 중학교와 고등학교의 차이점을 하나 발견했다. 중학교에서는 친구네 반에 들어가는 게 별일 아니었는데 고등학교에선 다들 싫어하는 모양이다. 그래도 우리 교실에는 다른 반 아이들이 불쑥불쑥 잘만 들어오던데…….
쓸데없는 생각에 빠져 있는 사이 규리가 나왔다.

"김이경, 너 연영과 갈 거야?"

복도를 지나던 아이들이 힐끗거렸다. 노골적으로 나를 관찰하는 시선이었다. 연극영화과라고 하면 보통 현역 영화배우나 배우 지망생이 많이 가는 곳이니까. 하지만 규리가 나에게 물은 뜻은, 영화에 출연하는 것이 아니라 영화를 만드는 사람이라도 되고 싶냐는 뜻일 거다. '쟤가 무슨 연예인을 해?' 하는 눈으로 나를 훑는 아이들을 붙잡고 해명이라도 하고 싶었다.

"생각해 보니까 영화감상반에 드는 게 나한테 무슨 메리트가 있지 싶어서."

규리가 팔짱을 끼고 서서는 말했다.

"그럼 다른 거 해도 돼."

"시사토론반 들까 생각 중이야."

"그래. 정해지면 말해줘."

대화를 끝내고 교실로 돌아왔다. 종례가 길어지는 사이 규리에게서 메시지가 왔다.

> 나 학원 시간 때문에 먼저 간다!

> 응. 내일 보자

> 나 시사토론반에 신청서 냄
> 괜찮지?

잠깐 머뭇거리다 '응ㅋㅋㅋ'이라고 답장을 보냈다. 어차피 이럴 거면서. 그냥 처음부터 영화감상반은 별로라고 말해도 됐을 텐데.

실망스럽지는 않았다. 규리는 소설이나 영화처럼 지어낸 이야기에 몰입하는 것은 한심한 시간 낭비 같다고 말한 적이 있다. 나는 규리가 하는 말이 더 한심한 소리라고 생각했지만 반박하지 못했다.

중3 때 같은 반이었던 네 명 무리에서 우리 둘만 이 학교로 오게 됐다. 무리 속에 섞여 있을 땐 몰랐는데 둘만 툭 떨어지니 알 수 있었다. 규리와 나는 실은 별로 친하지 않았다는 것을. 이렇다 할 공통 관심사도 없고, 둘이서만 속 깊은 대화를 나눈 적이 없다는 사실도. 이제 규리와 같은 반도 아니니까 서서히 멀어지는 일만 남지 않았을까?

학생들이 빠져나간 교정은 한적해 보였다. 이렇게 고요한 곳이 낮에는 온갖 말들과 소란으로 가득해진다. 뻥, 하고 터져버리지 않는 것이 신기하기만 하다. 사실 학교는 애초에 그렇게 많은 것들을 감당할 수 있는 곳이 아닌지도 모른다.

그런데 어쩌자고 이렇게나 많은 인간을 한곳에 모아두게 된 걸까.

"김이경!"

뒤에서 누가 내 가방을 잡아끌었다.

"위험하잖아. 조심해."

전학생 전솔이었다. 나는 건널목에서 뒤로 물러섰다. 생각에 빠져 걷다 보니 도로변에 너무 가깝게 서 있었나 보다.

"찻길이잖아. 조심 좀 해."

"아, 고마워."

신호가 바뀌었다. 차가 오지 않는 것을 확인하고 건널목을 건넜다. 전솔은 조심성이 많은 아이구나. 오른손이라도 들고 길을 건너야 할 것 같은 기분이었다.

한동네에 살다 보니 오늘도 같은 방향으로 계속 걷게 됐다. 나는 궁금하던 이야기를 슬쩍 꺼냈다.

"원래 살던 집으로 돌아온 거야?"

"아니. 그 집은 아예 팔고 갔던 거라."

그 말은, 원래는 여기로 다시 돌아올 생각이 없었다는 뜻이려나. 교실에서 아이들이 내놓던 추측들이 떠올랐다.

조금 전 건널목 앞에서의 예민한 모습은 사라지고 전솔은 갑자기 수다스럽게 떠들기 시작했다. 저기 원래 문구점 자리였는데 없어졌네. 사거리 쪽에 떡볶이 맛집 가본 적 있어? 한 동네 사람이라면 아무나 할 수 있는 말들이었다.

"근데 너 전학은 어디로 갔었어?"

그때 자전거를 탄 무리가 일렬로 우리를 앞질러 갔다. 전솔이 멈춰 섰다. 나사가 하나 빠진 것처럼 멍한 얼굴이었다.

"저기……."

"아, 미안. 아이스크림 먹을래? 내가 살게."

잠깐 전원이 나갔다가 돌아온 사람 같았다. 아이스크림? 갑자기? 조금 뜬금없었지만 전솔을 따라 아이스크림 가게로 들어가 자리를 잡았다.

"잘 먹을게."

"응."

녹차맛 젤라토를 한 입 떠먹었다. 씁쓸하면서도 단 맛이 입안에 퍼졌다. 전학생과 마주 앉아 아이스크림을 먹으면 어색하지 않을까, 무슨 말을 해야 하려나, 속으로 고민했는데 그럴 필요가 없었다. 카운터 쪽에서 소란이 일어났다.

"아까도 안내를 드렸는데요. 손님이 주문하신 치즈맛은 아직 해동이……."

"언제? 언제 그랬는데!"

송곳 같은 목소리가 귀를 찌르는 듯했다. 알바생의 얼굴이 붉어졌다.

"죄송합니다. 조금만 기다려 주시면……."

"여태 기다렸잖아! 얼마나 더 기다리라는 거야!"

날 선 목소리가 쩌렁쩌렁 울렸다. 구석 테이블에 앉은 무리 중 하나가 휴대폰을 꺼내 들었다. 폼이 동영상을 찍는 듯했다. '젤라토 가게 진상' 뭐 이런 제목으로 인터넷 어딘가에 올라오려나.

"무슨 구경이라도 났나 봐."

전솔이 심드렁하게 말했다. 나는 가게 안을 둘러보았다. 그럴 만한 일도 아닌데 이성을 상실한 듯 흥분한 손님과 쩔쩔매는 알바생. 그 광경을 다들 흥미롭다는 눈으로 지켜보고 있었다.

"귀 찢어지겠네. 그만 나가자."

"아아, 그래."

먹던 아이스크림을 들고 가게를 빠져나왔다. 그동안에도 가게 안의 소란은 끝나지 않았다.

쿵, 쿵, 쿵. 심장이 세게 뛰었다. 누가 싸우거나 화를 내는 모습을 볼 때면 늘 이렇다. 나한테 따지는 것도 아닌데 왜 내가 겁을 먹는 건지.

아이스크림을 다시 떠먹었다. 달콤 시원한 것이 입안에 퍼지자 기분이 한결 나아졌다. 이렇게 단순하게 기분이 풀리는 방법이 있는데, 사람들은 왜 너무나도 쉽게 화를 내는 걸까?

"다음에는 네가 빙수 사."

전솔이 툭 말했다. 나한테 뜬금없이 아이스크림을 먹으러 가자고 한 것부터, 그저 자연스럽게만 보였다. 그 순간 알 수 있었다. 이 말을 꺼내도 될까, 눈치 없는 소리는 아닐까, 친구들 사이에서 온갖 타이밍을 살피고 걱정하는 나와 전솔은 다른 부류라는 것.

걷다 보니 동네 공원이었다. 나는 평온한 얼굴로 아이스크림을 먹는 전솔을 지켜보다 물었다.

"근데 우리 같은 반이었던 적 없잖아. 어떻게 내 이름을 알았어?"

"우리 얘기한 적 있어."

"언제?"

"6학년 때. 여름 방학식 날이었나? 극장에서 마주쳤잖아."

6학년 여름이라면……. 느낌이 좋지 않았다. 입안에서 녹차의 쓴맛이 느껴졌다.

"거기 아직 그대로 있지? 아트시네마 있는 건물. 코노도 있고 네컷사진 있어서 핫플이었잖아."

나는 발걸음을 멈췄다. 아마도 전솔은 내가 아트시네마에 마지막으로 갔던 날을 말하는 모양이었다.

"너한테 같이 놀자고 했는데 까였지. 기억 안 나?"

"날 것 같기도 하고."

"근데 너 누구랑 친했더라? 걔들이랑 아직도 친하게 지내?"

천진하게 묻는 얼굴을 보니 흐릿했던 기억이 다시 떠올랐다. 맞아. 초등학생 전솔은 말수도 많고 잘 웃는 아이였지. 여자애든 남자애든 늘 주변에 친구가 가득했고. 복도를 다니다 보면 아이들이 다정한 목소리로 '쏠!' 하고 전솔을 불러대는 소리를 종종 들을 수 있었다.

극장 앞에서 마주친 그날에도 전솔은 아이들에게 둘러싸여 있었다. 그때 전솔은 잘 알지도 못하는 나에게 같이 놀자고 했다. 들어가지도 않고 혼자 우두커니 서 있는 내가 심심해 보여서 그랬겠지. 저렇게 친구가 많은 애는 뭘 하고 놀까, 조금 궁금하긴 했지만 나는 내 친구들이랑 영화를 보기로 했다면서 사양했다. 나와 만나기로 한 아이들이 작당하고선 약속 장소에 나오지 않고 나를 물먹일 거란 사실을 그땐 몰랐으니까.

"난 효재초 애들이랑 이제 연락 안 해. 내가 다시 온 줄 모를걸?"

전솔이 말했다. 이상하게 아무 말도 하고 싶지 않았다.

"난 이만 갈게."

"응? 벌써?"

"안녕."

도망치듯 공원을 빠져나왔다. 무언가 익숙한 기분이 들었는데 생각해 보니 그날 느낀 기분과 비슷했다. 아무것도 잘못하지 않았지만 세상 가장 수치스러운 인간이 된 것만 같던 기분. 아무도 나를 볼 수 없었으면 좋겠다고, 지구에서 사라졌으면 좋겠다고 생각하면서 쫓기듯 집으로 돌아가던 그때 그 기분이었다. 3년도 넘게 지났는데, 왜 아직도 무슨 버튼이라도 눌린 것처럼 번번이 그날로 돌아가 버리고 마는 걸까. 발목이라도 잡힌 것처럼 저항도 못 하고 끌려가는 걸까.

집에 도착하니 삐딱한 마음들이 솟구쳤다. 이름을 붙인다면 원망, 미움, 억울함, 그런 것들. 세상은 역시 나를 싫어하는 게 분명해, 하는 자조. 왜 하필이면 내 인생 최악의 날을 기억하는 아이가 우리 반으로 전학을 온 거지?

# 머리 위 구름

쉬는 시간에 휴대폰을 보고 있는데 규리에게서 사진이 도착했다. 자기 친구와 나눈 대화를 캡처한 사진이었다. 곧이어 톡이 왔다.

> 얘 이거 나한테 꼽주는 거 맞지?

> 꼽주는 게 뭐야?

> 무안 준다고

> 아아, 잠시만

학원 숙제를 다 했냐는 말에서 시작해 말장난과 이모티콘들로 이어지는 싱거운 대화였다. 규리네 학원에 다니지 않고, 이 대화 상대방이 누구인지도 모르는, 나와는 아무 관련 없는 대화. 무심히 대화를 읽다가 어느 부분이 규리의 심기를 건드렸는지 알아챘다. 학원 수업 전에 버블티를 사 먹자는 규리의 말에 친구가 '매일 먹는 버블티 질리지도 않냐'라고 대답한 뒤 대화가 뚝 끊겨 있었다. 그냥 하는 말 같은데, 라고 답장을 쓰고 있는데 규리가 불쑥 나타났다.

"내가 보낸 거 봤지?"

"응. 별말 아닌 것 같은데."

"그래? 이거 먹어."

규리가 초콜릿을 내밀었다. 그러고는 교실을 나가버렸다. 이유는 모르겠지만 기분이 좋아 보였다. 당황스럽긴 해도 놀랍진 않았다. 중학생 때도 자주 있는 일이었다. 수업이 시작하기 전과 끝난 후. 급식을 먹기 전과 먹고 나서. 규리의 기분은 하루에도 시시각각 알 수 없는 이유로 급변했다.

다음 수업은 영어였다. 급식을 먹고 나서 나른하게 늘어지기 좋은 시간인데 평소와는 분위기가 달랐다. 선생님이 임의로 짝지어 준 모둠별로 둥글게 앉은 아이들 사이, 날 선 침묵만이 흐르고 있었다. 우리 조는 나, 김다애, 박유정 그리고 강유림이었다.

"총 네 명이니까 독해, 자료조사, PPT 만들기, 발표, 이렇게 나누면 될 것 같은데? 발표할 사람 없으면 내가 하고."

자진해서 조장이 된 박유정이 말했다.

"그럼 프레젠테이션 자료는 내가 만들게."

김다애가 끼어들었다. 이제 나랑 강유림만 남은 건가. 강유림은 아직 한마디도 나눠본 적 없는 여자애였다. 우리 둘 다 아무 말이 없자 박유정이 나섰다.

"유림이가 자료 조사 하고, 이경이가 독해 맡는 게 어때?"

"맞아. 이경이는 쪽지 시험 만점이니까 번역 잘하겠지."

그렇게 말한 박유정과 김다애는 웃으며 눈빛을 주고받았다. 분명 나를 칭찬하는 말이었지만 듣는 나는 기쁘지 않았다. 강유림은 뭔가 마음에 들지 않는다는 표정으로 유인물만 뒤적거리고 있었다. 독해는 하기 싫다는 뜻인가?

"……알겠어. 내가 독해 맡을게."

"오케이! 이경아, 다음 주까지 번역해서 파일 줄 수 있어?"

"응. 해볼게."

"그럼 내가 단톡방 만들어서 초대할게!"

나와 강유림을 제외한 둘은 흡족하게 웃었다. 강유림이 굳은 표정으로 말했다.

"한 명이 하기엔 너무 많은데?"

"뭐?"

"애초에 영어 원서를 읽는 과제인데 한 명이 번역을 다 한다는 것도 좀 어이없고, 양이 너무 많잖아. 넷이서 분량을 나누고, 독해 담당이 조금 더 맡는 게 낫지 않아?"

'어이없고'라는 대목에서 아이들의 눈빛이 날카로워졌다. 망했다. 조별 과제를 시작하기도 전에 분위기가 이렇다니.

박유정이 상기된 얼굴로 반박했다.

"아니, 막말로 이거 번역기 앱만 돌려도 금방 할 수 있는 거잖아. 이게 제일 편한 거 아냐? 물론 번역기 돌리자는 뜻은 아니지만."

"맞아. 그리고 영어 잘하는 사람이 맡는 게 낫지. 이경이 네 생각은 어때?"

공은 나에게 넘어왔다. 언제 빵, 하고 터져버릴지 모르는 폭탄 같은 공.

"일단 해볼게."

"우선 해보고 너무 많으면 말해줘. 그때 나눠도 되잖아?"

박유정의 목소리가 갈라졌다. 목소리가 높아진 걸 보니 조금 흥분한 듯했다. 나는 얼른 고개를 끄덕였다. 억지로 웃어서 그런지 입가에 작은 경련이 일어날 것 같았.

수업 종이 울렸다. 선생님이 교실을 나가자 아이들도 금방 흩어졌다. 쪽수로 열 장이 넘는 영어 원서가 책상 위에 덩그러니 남아 있었다. 이걸 나 혼자서 번역해야 하다니.

"너 말이야."

가만히 지켜보던 강유림이 말했다.

"응?"

"아냐."

강유림은 자리로 가버렸다. 말을 꺼내 놓고 아냐, 됐어, 하고 갑자기 끝내버리는 것. 내가 견디기 힘들어하는 순간이었다. 끝까지 말을 안 해줄 거면 애초에 꺼내지 말지. 사람들은 상대방의 기분을 찜찜하게 만드는 무기를 너무나도 많이, 다양하게 지닌 것 같다. 물론 나에게는 그런 무기가 없다는 게 문제지만.

오늘도 규리는 먼저 집에 가버렸다. 나 혼자 하교하는 김에 동네 서점에 들러 신간을 구경했다. 한참 시간을 보내고 나오다가 길을 지나는 전솔과 마주쳤다. 아무리 같은 동네라지만 이렇게나 자주 마주치다니.

전솔은 검정 털빛의 강아지와 함께 있었다. 강아지가 다가와 코를 킁킁거렸다.

"너희 집 강아지야?"

"응. 이름은 시루."

탐색을 끝냈는지 시루는 기분 좋게 꼬리를 살랑거렸다. 강아지와 산책을 해본 적이 없어 궁금했다. 나는 전솔을 따라 조금 돌아가기로 했다.
 "산책은 매일 해?"
 "당연하지. 시루는 하루 네 번 산책해."
 "몇 살이야?"
 "다섯 살!"
 다섯 살이면…… 초등학생 때부터 키운 거네. 왜 전솔이랑 있으면 내 인생에서 가장 지우고 싶은 그 시기가 자꾸 상기되는 건지.
 오늘 하루 학교에서 본 전솔의 모습이 떠올랐다. 모르는 사람이 본다면 전학생이라는 사실을 알아채지 못할 만큼 전솔은 우리 반에 빠르게 적응했다. 아이들도 이제 전솔의 전학 사유 같은 건 궁금해하지 않는 듯했다. 전학생인 전솔이 나보다 더 친구가 많은 건 하나도 놀랍지 않았다. 교실 안에선 유쾌하고 매력적인 아이를 한눈에 알아보고 다들 몰려들기 마련이니까.
 골목 끝에 작은 슈퍼가 있었다. 그 앞 평상에 앉아 부채질을 하던 어른들이 갑자기 목소리를 높였다.
 "저거 저거, 엄청나게 쌀 거야. 우리 애 유치원 때 딱 저만 한 개 키우다가 시골 갖다줬어. 하루 종일 집에서 밥 먹고 누워 자는 거밖에 안 하면서 똥을 어찌나 싸던지."

"거기 학생! 개똥 아무 데나 버리고 다니는 거 아니지?"

주변을 둘러보았다. 강아지를 데리고 걷는 사람은 우리 둘 뿐이었다. 전솔은 손목에 작은 플라스틱 통을 걸고 있었다. 강아지 변을 주워 담는 통인 듯했다.

"네. 잘 치울게요."

"그런 걸 뭘 대꾸해."

옆에서 전솔이 핀잔했다. 슈퍼 앞을 지날 때까지, 평상에 앉은 어른들은 우리를 감시라도 하듯 뚫어져라 보았다. 그 눈빛이 따가웠다.

모퉁이를 돌아 어른들의 시야에서 벗어나서야 전솔이 말했다.

"그냥 무시해. 혐오하는 인간들한테 뭘 그렇게 상냥하게 답해줘?"

"가만히 있으면 오해받잖아. 넌 기분 안 나빠?"

"별로. 여자애가 혼자 개 데리고 다니면 온갖 잔소리 다 들어. 그런 거 일일이 신경 쓰고 상처받으면 산책 못 다니지."

'상처받으면'이라는 말이 덜컥 걸렸다. 어쩐지 그 말이, 전솔도 이전의 어느 순간에는 상처를 받은 적 있다는 뜻으로 들렸다.

전솔 같은 아이들은 남에게 무안을 당하지 않을 줄만 알았다. 사실 생각해 보면 세상에 그런 인간이 존재할 리가 없는데 말이다. 아무리 큰 사랑을 받는 아이돌이나 국가대표 선수들에게도 안티가 존재하고, 사소한 실수에 금세 태도를 바꿔 비난을 쏟아내는 사람들이 있다. 인간으로 태어난 이상 다른 인간에게 아주 작은 미움이라도 받을 수밖에 없는 거다. 그만한 잘못을 하지 않았다 해도.

하지만…… 나는 무심한 얼굴로 내 옆에서 걷는 전솔이 여전히 당당하게만 보였다. 시비를 걸어오는 상대방을 가뿐히 무시하는 것도 그만한 여유가 있어야 할 수 있는 일이다. 설령 나의 무시가 싸움으로 번지더라도 얼마든지 맞서 싸워 이길 수 있다는 자신감과 여유. 나처럼 상대방의 공격이 두려워 갈등의 작은 씨앗에도 벌벌 떨면서 저 멀리 빙 둘러 가는 인간들은 결코 가질 수 없는 여유.

우리는 말없이 계속 걸었다. 전솔은 시루에게서 눈길을 떼지 않았다. 시루가 길가에 버려진 쓰레기를 계속 킁킁거리면 혹시라도 입에 넣을세라 바로 끈을 당겼다. 잠시였지만 강아지를 데리고 걷다 보니 알 수 있었다. 길바닥에는 더럽고 위험한 것이 너무나도 많았다.

그래서일까? 전솔은 학교에서 보던 것과는 달리 한껏 예민해 보였다. 어디서 경적만 울려도 몸을 움찔거리고, 시끄럽게 달려오는 무리와 마주치면 시루를 안아 들었다. 건널목에선 이미 파란불이 깜빡거리고 있으면 절대 길을 건너지 않고 멈춰 섰다.

예정에도 없던 산책을 하고 헤어지기 전, 전솔에게 물었다.
"네가 매일 하루에 네 번 산책하는 거야?"
"아니. 가족이 번갈아 가며 나가지. 나는 낮에 학교에 있으니까."
"나도 가끔 같이 해도 돼?"
"산책을? 왜?"
"심심해서."
"나야 좋지!"

시루도 찬성하는지 나를 보며 세차게 꼬리를 흔들었다. 심심해서 그렇다는 말은 반만 사실이었다. 가장 큰 이유는 전솔이 했던 말이 마음에 걸려서였다. 혼자서 개를 데리고 다니면 온갖 소리를 들어야 한다는 말.

"그럼 내일 보자."
"잘 가."

우리는 건널목 앞에서 헤어졌다. 전솔과 시루가 길을 건너 멀어지는 모습을 나는 가만히 서서 지켜보았다. 이유는 모르겠지만 어쩐지 그래야 할 것 같았다.

영어 숙제는 끝날 기미가 보이지 않았다. 내가 왜 혼자서 번역을 다 해내겠다고 했을까. 지금이라도 역할 분담을 조정해 보자고 할까. 혼자 고민하고 있는데 규리에게서 메시지가 왔다.

> 야, 김이경
> 나 이거 예매 좀 해주라

규리가 링크를 첨부했다. 신작 영화의 이벤트 기사였다. 극장 앱을 켜서 확인해 보니 이벤트가 열리는 회차는 이미 매진이었다.

> 이거 어제 예매 오픈이었는데?
> 지금은 매진이야

> 나도 알아
> 취소표 나오는지 봐달라고

> 아, 근데 나 숙제해야 돼서…

> 시간 날 때 틈틈이 봐줘

> 너 이런 거 잘하잖아

> 전에 이은수한테는 김제욱 무대 인사 표 잡아줬잖아

규리 메시지를 다시 읽어보았다. 너 이런 거 잘하잖아. 겉으로는 분명 칭찬인데 야유처럼 느껴졌다. 그리고 그때 규리는 은수에게 10분도 안 하는 배우 무대 인사를 보기 위해 시간과 돈을 쓰는 거냐고 물어 나까지 무안했던 기억이 있다.

> 응, 알겠어

방금까지 바로바로 답장하던 규리가 조용해졌다. 싸한 느낌이 들었다. 규리가 이 대화를 캡처해서 다른 친구에게 '이거 좀 봐', '얘 내 부탁 들어주기 싫은 거 맞지?' 하고 묻는 장면이 그려졌다. 규리는 나한테도 자주 그러니까. 그럴 때마다 나는 '응. 내 눈에도 그렇게 보여' 하면서 맞장구를 쳐야 하는 경우와 '아니. 별 뜻 없어 보이는데?' 하고 안심시켜 줘야 하는 경우를 구분하느라 애써야 했다.

몇 분 지나서야 답장이 왔다.

> 그냥 내가 알아서 할게

> 열공하렴ㅋㅋ

뭐라고 대답할까 고민하다가 그냥 답장하지 않았다. 규리의 말투는 기분이 조금 상한 것 같기도, 또 아닌 것 같기도 했다. 나야말로 누군가에게 이 대화를 보여주면서 '얘 지금 화난 걸까?'라고 묻고 싶었다. 물론 나에겐 그럴 만한 친구가 없지만.

몇 번이고 방금 대화를 다시 읽었다. 혹시 기분 상했어? 물어보면 그만인데. 그 명료한 말이 친구 사이에선 금기어라도 되는 것만 같았다.

왜 사람들의 감정은 어렵기만 할까. 언젠가 고모와도 했던 이야기였다.

"고모. 나는 친구들 기분이 한눈에 보였으면 좋겠어."

"왜? 표정을 보면 알잖아. 또 다른 게 필요해?"

"표정은 헷갈린단 말이야. 얼굴만 보면 삐진 게 분명한데, 화났어? 물어보면 아니라고 하고."

내 말을 듣던 고모는 종이 위에 여자아이를 한 명 그렸다. 그리고 그 머리 위에 작은 구름을 그려 넣었다. 그렇게 혼자 킥킥 즐거워하면서 옛날이야기를 했다. 고모가 어렸을 때 유행한 SNS에서는 기분에 따라 자기 캐릭터 위에 작은 아이콘을 띄울 수 있었다고. 해, 스마일, 해골 뭐 그런 것들이 머리 위에 둥둥 있었다고.

"친구가 헷갈리게 할 때는 말이야. 그 친구 머리 위에 어떤 아이콘이 떠올라 있을지 상상해 봐. 널 속상하게 할 때도."

"그게 뭐야? 이상해."

"왜? 네가 못 봐서 그렇지. 그때 그 캐릭터가 얼마나 귀여웠는데."

그게 뭐야. 캐릭터니까 당연히 귀엽지. 아무리 생각해도 이상한 이야기였다.

다시 영어 숙제를 펼쳤다. 분명 알고 있는 단어인데도 뜻이 바로 떠오르지 않아 자꾸만 멍해졌다. 휴대폰을 열었다가도 내가 방금 뭘 검색하려고 했더라, 하고 머릿속이 멈췄다. 원서 속 글자들이 또렷해졌다 흐릿해졌다 하면서 나를 놀리는 듯했다.

## 타임캡슐

　점심 급식을 먹고 영어 과제 조원들과 모였다. 할 말이 있으니 점심시간에 보자는 강유림의 단톡방 메시지 때문이었다. 도대체 무슨 이야기일까. 설마 아직도 역할 분담에 불만을 품고 있는 건가? 급식을 먹는 내내 밥이 어디로 넘어가는지도 모를 기분이었다.
　"다른 조 애들한테도 물어봤거든. 우리처럼 역할을 나눈 조는 하나도 없던데?"
　강유림이 삼색 볼펜을 딸깍거리며 말했다. 그러고는 나를 보며 물었다.
　"독해 어디까지 했어?"
　"2장까지는 했어."

"벌써 많이 했네. 나머지 반은 우리 셋이 나눠서 하는 게 어때?"

당당하게 묻는 강유림의 표정에서 어떤 기세가 느껴졌다. 저번처럼 한발 물러서거나 좋게 타협할 마음이란 없어 보였다. 다른 아이들도 그걸 느꼈는지 이번에는 한 마디도 보태지 않고 바로 고개를 끄덕였다.

짧은 회의가 끝나고 내 자리로 돌아왔다. 절반 넘게 남아 있던 과제가 한순간에 사라졌지만 마냥 기쁘지 않았다. 찜찜한 마음을 안고 강유림의 자리로 찾아갔다.

"저기, 유림아."

강유림이 이어폰을 빼고 나를 보았다.

"내가 더 도울 거 있으면 말해줘."

"아니. 넌 할 만큼은 했어. 신경 쓰지 마."

강유림은 바로 다시 이어폰을 꽂았다. 시니컬한 말투였지만 기분 나쁘게 들리지 않았다. 아까 다른 조원들과 모였을 때도 그랬다. 강유림은 떨거나 흥분하지 않고 자기 의견을 깔끔하게 전했다. 그 모습이 멋있게만 보였다.

강유림이 나서고 나니 조별 과제가 더 순조롭게 진행되는 듯했다. 강유림은 조장도 아니면서 자료 내용이 부실하다거나 프레젠테이션 자료 디자인이 조잡하다는 등의 지적을 서

습지 않았다. 좋게 좋게, 설렁설렁. 강유림의 사전에 그런 단어란 존재하지 않는 듯 보였다. 처음에는 대충 하자며 투덜거리던 박유정과 김다애도 더 이상 토를 달지 않고 그 애가 시키는 대로 했다.

강유림이 발표를 맡았다. 발표는 군더더기 없이 매끄러웠다. 그렇게 한동안 짐짝처럼 느껴지던 조별 과제가 드디어 끝났다.

숙제가 끝난 날, 강유림이 톡 프로필 사진을 바꿨다. 심심해서 친구 목록을 구경하다 그 사진을 보고는 반가움에 눈이 번쩍 뜨였다. 내가 좋아하는 영화의 스틸컷이었다.

나 이 영화 이야기로 밤새울 수도 있는데. 강유림도 영화를 좋아할까? 아니면 그냥 인터넷에서 보고 저장한 사진이려나. 전자면 좋을 텐데. 이런저런 생각을 이어가다 보니 강유림이 궁금해졌다.

교실 안에서도 강유림에게 자꾸 눈길이 갔다. 강유림도 전솔만큼이나 아이들을 대하는 모습이 자연스러워 보였다. 어느 무리에도 섞여들 수 있었고, 어떤 농담에도 여유롭게 대꾸했다.

강유림이 가장 빛날 때는 모두의 시선을 받으며 자기 이야기를 늘어놓을 때였다. 막상 듣고 나면 그렇게 대단한 이야기도 아닌데 특유의 말투와 눈빛 때문인지 다들 고개를 끄덕이며 듣는 분위기가 만들어졌다.

저런 아이들은 살면서 누군가와 괜한 시비에 휘말리거나 억울한 일을 당한 적이 없겠지. 혹여나 그런 일이 생겨도 논리정연한 말과 당당한 태도로 얼마든지 응수할 테고. 며칠 동안 강유림을 지켜보다가 결론을 내렸다. 강유림은 나와는 아주 다른, 멋있는 아이라고.

단톡방 메시지가 떴다. 조장 박유정의 메시지였다.

> 이 방 폭파해도 되지?

> 응응!
> 다들 고생 많았어!

메시지 옆 숫자 3이 순식간에 1로 바뀌었다. 나는 엄지를 들어 보이는 햄스터 이모티콘을 보냈다.

다애 님이 나갔습니다.
유정 님이 나갔습니다.

뭐지? 의아해하는 사이 새 메시지가 떴다.

> ㅋㅋㅋㅋㅋㅋㅋㅋㅋ
> 너도 고생했어, 김이경

나는 '응ㅋㅋ' 하고 답장을 보냈다. 다애랑 유정이는 인사도 없이 나가네, 그렇게 말하고 싶었지만 우선 참았다. 하지만 방금 상황을 못 본 척 다른 이야기를 꺼내기도 이상했다.

그때 강유림이 동영상 사이트 링크를 올렸다.

> 요즘 내가 자주 듣는 플리
> 수학 풀 때나 자기 전에 들으면 좋음
> 생각을 비우고 싶을 때도

> 들어볼게. 고마워!

> 좋아하는 가수 있어?

> 아니. 딱히 없어ㅠㅠ

> 그럼 넌 뭘 좋아해?

드디어 영화 이야기를 꺼낼 때가 온 건가? 가슴이 두근거렸다. 강유림의 프로필 사진은 또 바뀌어서 지금은 기본 화면이었다. 지나간 프로필 이야기를 꺼내면 좀 생뚱맞아 보이지 않을까 망설여졌다. 무엇보다 좋아하는 이야기를 꺼내기가 어려웠다. 좋아하는 걸 말하다 보면 혼자 들떠서 쓸데없는 소리를 할 수도 있으니까.

'잘 모르겠어', 나는 그렇게만 답장했다. 내가 답을 망설이는 사이 강유림이 화면을 껐는지 메시지 옆 숫자 1이 그대로 남아 있었다.

나는 강유림이 보낸 플레이리스트를 재생시켰다. 가사가 없는 연주곡이었다. 곡명 아래로는 감상에 젖은 긴 댓글들이 이어졌다. 좋은 이야기를 읽고 나면 뭔가를 쓰고 싶어지는 것처럼 좋은 음악을 들었을 때도 비슷한 기분을 느끼는 것이겠지.

아이디어 노트를 펼쳤다. 한 페이지마다 네모 칸 여덟 개가 그려져 있었다. 영화 스토리보드처럼 장면 장면을 표현할 수 있도록 나눠진 칸이었다.

골목 모퉁이를 돌아 사라지는 뒷모습, 일정한 거리를 둔 채 달려가는 두 사람, 이미 어른이 됐지만 빈 교실에 홀로 남아 있는 꿈을 꾸는 누군가. 조각처럼 툭툭 끊어진 이미지만 있을 뿐 그것들이 이어져 어떤 이야기가 될지는 나도 알 수 없었다. 하지만 여전히 지금 여기를 떠난 세계를 그려내고 싶다는 마음만은 울렁거렸다.

사실 난 영화 보는 걸 좋아해. 특히 이미 본 적 있는 영화를 다시 보는 걸 가장 좋아하고. 처음에는 발견할 수 없던 것이 두 번째, 세 번째에 보일 때만큼 짜릿한 순간이 없어.

아무 감흥이 없던 영화들도 어느 날 문득 생각나서 다시 찾아보면 완전히 다른 감상이 들 때가 있어. 멋지지 않아? 이해할 수 없던 것을 우연히 이해하게 되는 것. 몇 번이나 같은 경험을 하면서도 번번이 다르게 느낄 수 있는 것.

나는 내가 좋아하는 영화 속에서 인물들이 말하고, 판단하고, 행동하는 방식이 좋아. 알고 싶은 마음으로 들여다보면 그들은 얼마든지 그 이면을 보여주거든. 아무리 애써도 속을 알 수 없는 현실의 사람들과는 달리 말이야. 영화 속 인물도 실제 사람을 본떠서 만든 것일 텐데 왜 현실 속 사람들은 어렵고 복잡하기만 할까?

휴대폰을 다시 열었다. 새로 온 메시지는 없었다. 어쩌면 말이 잘 통할지도 몰라, 내심 품었던 기대가 조용히 가라앉았다.

오늘도 시루와의 산책길에 동행했다. 산책 루트는 시루가 이끄는 대로 그날그날 달랐다. 시루는 슈퍼 앞 골목이 마음에 드는지 두 번째, 세 번째에도 그 길을 지났다. 그때마다 평상에서 우리를 구경하듯 보던 어른들이 오늘은 말을 걸어왔다.

"둘이 자매야?"

"네? 아니요."

나는 화들짝 놀라 대답했다.

"둘 중에 누구 개야?"

그야 당연히 목줄을 잡고 있는 사람이 보호자 아닐까요……. 힐끗 전솔의 얼굴을 살피니 그 애는 대답할 의지가 없어 보였다.

"얘요. 제 친구요."

"보다 보니 귀엽네. 무슨 종이야?"

"종은 없어요. 품종견 아니에요."

내가 무슨 대변인도 아닌데. 왜 자꾸 나만 대답하는 건지.

"개가 참 의젓하네."

슈퍼 아주머니가 기특하다는 듯 말했다. 개똥을 잘 치우라며 잔소리하던 때와는 다른 사람 같았다. 시루가 화답하듯 웡! 하고 짖었다. 우리는 그렇게 슈퍼 앞 골목을 지나쳤다.

시루는 큰길보다는 주택 사이 골목길을 좋아하는 것 같았다. 시루를 따라 낯선 주택가로 들어섰다. 시루가 어느 집 대문 앞에 멈춰 섰다. 꼬리를 흔들며 우리를 한 번 돌아보더니 대문 틈에 코를 박고 킁킁거렸다.

"혹시 너희 집이야?"

내 질문에도 전솔은 굳은 표정으로 입을 꾹 닫고 있었다. 뒤쪽에서 발소리가 가까워졌다.

"솔이 놀러 왔어?"

캡 모자를 눌러쓴 여자와 할머니가 다가오고 있었다.

"안녕하세요."

"솔이 친구?"

멋쩍게 인사하는 나에게 모자 쓴 여자가 물었다. 모자 아래로 보이는 얼굴이 얼마 전 첫 취업을 한 우리 사촌 언니 또래쯤 되어 보였다. 내가 고개를 끄덕이자 모자 쓴 여자가 다시 물었다.

"이 친구가 증인이야?"

무슨 증인? 놀라서 전솔을 돌아보았다.

"이경이도 저랑 같은 초등학교 다녔어요."

잠자코 있던 전솔이 말했다. 동문서답인 듯 아닌 듯 이상한 대답이었다.

"왜 이러고 섰어. 들어가자."

할머니가 대문을 열고 들어섰다. 이 집 주인들이었구나. 열린 문으로 시루가 바로 뒤따랐다. 쉴 새 없이 요동치는 꼬리를 보니 기분이 좋은 듯했다. 아니면 이 집에 익숙하거나.

마당 화단에는 작은 나무들이 많았다. 신발을 그대로 신고 집 안으로 들어갔다. 밖에서 봤을 땐 그냥 가정집 같았는데 하나로 트인 공간에 테이블이 여럿 놓여 있는 걸 보니 카페인 모양이었다. 집에도 식물과 화분이 가득했다.

"이경이는 제가 여기에 타임캡슐 묻은 거 알아요. 맞지? 내가 옛날에 얘기한 적 있잖아."

전솔이 나에게 신호라도 주듯 눈을 크게 깜빡였다. 누가 봐도 거짓말을 하는 사람다웠다.

"아, 맞아요."

거짓말에 동조하고 나니 목 주변이 조금 뻣뻣해졌다. 모자 쓴 여자가 미심쩍다는 눈으로 우리를 번갈아 보더니 자기는 스물아홉 살이고 이름은 유은지라고 소개했다. 하필 이름이 은지라니. 최은지를 겪은 이후로는 그 이름을 듣기만 해도 누가 내 머리 꼭대기에서 세게 짓누르는 듯했다.

할머니가 머그잔을 테이블 위에 내려놓았다. 모과청이 듬뿍 담긴 모과차였다.

"여긴 찻집이에요?"

내가 물었다.

"응. 찻집이야. 나랑 할머니는 여기 옆집에 살아."

모자 쓴 언니가 전솔을 힐끗 살폈다. 전솔은 모과차를 호호 불며 천천히 홀짝이고 있었다.

"찻집이라고 열긴 했는데 막상 아무나 드나드는 건 싫은 거야. 그래서 생각했지. 이왕 장사를 할 거면 개를 동반해야 올 수 있는 찻집은 어떨까 하고."

전솔은 이미 알고 있는 이야기라는 듯 고개만 끄덕였다. 개나 어린이의 출입을 금지하는 공간은 자주 봤지만 반대로 개가 있어야 갈 수 있는 곳이라니. 내가 뭘 잘못 들었나, 고개가 절로 갸웃거려졌다.

"가게는 손님이 많아야 하잖아요. 왜 아무나 오는 게 싫으세요?"

"그야 사람보단 개가 더 귀엽고 좋으니까."

언니가 시루를 보며 웃었다. 자기도 사람이면서 사람보다 개가 더 좋다니. 인간 둘과 강아지 하나를 앉혀두고도 당연하게 개가 더 좋다고 말하는 모습이 솔직해 보였다.

전솔과 나는 모과차를 다 마시고 나왔다. 집을 나서는 우리에게 할머니는 시루와 셋이 나눠 먹으라며 말린 고구마가 한가득 담긴 봉지를 건넸다.

차를 우려내는 향이 가득한 집에서 빠져나오고 나서야 떠올랐다. 식물로 둘러싸인 집, 묻어둔 기억을 불러내는 차 한

잔과 음악. 어느 영화에서 본 장면이었다.

거리로 나온 전솔은 다시 조용해졌다. 길을 걸을 땐 온 촉수를 세운 것처럼 굴다가 어느 순간 저렇게 영혼이 빠져나간 것처럼 멍해지는 이유는 뭘까.

"저긴 어떻게 알았어? 타임캡슐 얘기는 또 뭐야?"

내가 묻자 전솔의 눈빛이 원래대로 돌아왔다.

"옛날에 살던 집이야."

"뭐? 진짜?"

너희 집이었다고? 너무 놀란 나머지 먹던 고구마를 뱉을 뻔했다.

"그때도 언니랑 할머니랑 이웃이었어? 원래 아는 사이?"

전솔이 고개를 끄덕였다. 어쩐지. 나만 빼고 다들 너무 익숙해 보였다.

"이사 가기 전에 마당에다가 타임캡슐을 묻어놨어. 조만간에 그거 찾아낼 거야."

전솔이 비장하게 말했다.

주택은 찻집으로 개조되면서 전솔이 살던 때와 많이 달라졌지만 마당 구조만큼은 그대로라고 했다. 그런데도 할머니와 언니는 새로 나무를 심을 때 타임캡슐 같은 건 못 봤다고 해서 전솔이 증인을 데려오기로 했었다고. 이 모든 이야기를 생전 처음 듣는 내가 그 증인 역할을 해야 하다니.

"그거 묻으면서 주문을 걸었거든. 이건 타임캡슐이 아니라 타임머신이라고. 나중에 시간을 되돌리고 싶을 때, 그때 찾아서 열어볼 거야."

전솔은 진지해 보였다. 그게 가능한 일이라고 믿는 사람처럼. 하긴, 영화 속에서는 얼마든지 일어나는 일이니까.

"그럼 네가 그 타임캡슐을 열면 온 우주가 그때로 돌아가는 거야? 현재가 만족스러운 사람들은 어떡해? 그 사람들은 억울할 거잖아."

"그건 아니지. 넌 이 세상 모두가 같은 시간을 살고 있다고 생각해?"

"너랑 나는 지금 같은 시간에 있는 거 아냐?"

신호등이 파란불로 바뀌었다. 전솔과 시루는 여기서 건너가야 했다.

"가야겠다. 안녕."

"응. 시루도 잘 가!"

나를 보는 시루의 눈이 반짝반짝했다. 대화 도중에 뚝 헤어져서 그런가 발걸음이 떨어지지 않았다. 오늘도 자리에 서서 전솔과 시루가 건널목을 건너가는 모습을 지켜봤다.

전솔은 어느 시간에 살고 있는 걸까. 알고 보면 나와 전솔의 시간도 다른 걸까? 집으로 돌아가는 길. 아까 나눈 전솔과의 대화가 자꾸 따라오는 것만 같았다.

# 옐로카펫

 주말 점심 즈음이 되면 늘 하는 일이 있다. 시골에 계신 할머니에게 안부 전화 드리기. 밥은 먹었니, 공부 열심히 해라. 엄마 아빠 말 잘 듣고. 할머니는 늘 비슷한 말만 하면서도 내가 전화하면 한결같이 기뻐하시는 게 신기하다.
 "공부하느라 바쁘제?"
 "다음 주에 시험 있긴 한데. 괜찮아요."
 고등학교 들어와서 첫 시험이라 무서워요. 할머니한테라도 그런 엄살을 부려보고 싶었지만 참았다. 할머니는 내가 조금만 힘 빠진 소리를 해도 온 세상이 무너진 것처럼 걱정했다.
 "그…… 고모 연락은 없제?"

"네. 할머니는요?"

"요게도 없제. 아직은."

아직은. 그 짧은 말에서 오랜 기다림이 묻어났다. 얼굴을 보면서 하는 대화도 아닌데, 할머니가 하는 말들은 하나도 헷갈리지 않는다.

"이경아."

"네?"

"사람 조심해라. 사람이 제일 무섭다."

"또 그 소리."

"차도 조심하고."

"네. 할머니도 식사 잘 챙겨 드시고요."

통화가 끝났다. 매번 하는 익숙한 대화인데, 오늘따라 마음이 울렁거렸다.

고모는 우리 아빠의 유일한 여동생이다. 아빠에게 다른 형제가 없고, 엄마의 형제들은 멀리 살아서 고모는 나에게 부모님 다음으로 가까운 어른이었다. 유치원에 다닐 때였나. 고모는 내가 텔레비전을 오래 보거나 어른들의 휴대폰을 만지려고 하면 질색하며 말렸다. 이게 더 재밌어, 하면서 고모는 어린 나에게 『어린 왕자』를 읽어줬다. 내가 별 반응이 없자 다음으로 읽어준 책이 『키다리 아저씨』였다. 로맨스가 있으니 좀 나을 거라면서.

학교에 들어와 다른 아이들이 인기 많은 웹툰을 볼 때도 나는 고모와 함께 종이책으로 된 옛날 순정 만화를 읽었다. 나에게 취향이라는 게 있다면 그중 8할은 고모에게 영향을 받아 만들어졌을 거다.

고모는 그렇게 내가 태어나기도 전에 만들어진 오래된 이야기들에 애정을 가지게 만들어놓고 어느 날 훌쩍 가족을 떠났다. 간간이 낯선 외국 도시의 풍경이 담긴 엽서만 보내올 뿐이었다. 언제 돌아올지 기약이 없는, 길고 먼 여행을 떠난 누군가가 보내오는 엽서. 좀 상투적이긴 해도 영화 속에선 무척 아련하고 감동적으로 그려지는 장면이던데, 실제로 겪어보니 그저 무슨 범죄에 연루되거나 나쁜 일이 일어난 것은 아니니 괜한 신고 같은 건 하지 말라는 당부로만 보였다. 그렇게 고모가 떠난 지 몇 년이 지났지만 난 여전히 고모가 여행을 시작한 이유를 알지 못한다.

중간고사는 별 감흥 없이 끝났다. 하필이면 영어가 마지막 과목이었다. 시험 시간이 종료되자마자 아이들이 내게 몰려들었다.

"이경이 너 마지막 문제 몇 번 했어? 난 3번이랑 4번 두고 고민했는데. 4번 아냐?"

"나도 4번 했어."

내 말에 누가 인상을 쓰며 끼어들었다.

"3번 아냐? 여기는 복수명사 써야 하잖아."

그 말에 여기저기서 씩씩대는 소리가 튀어나왔다.

"나 4번 했는데. 4번이 정답 아냐? 넌 왜 이거 틀렸어?"

난데없이 짜증의 화살이 나에게 향했다. 내가 아무 대꾸도 하지 못하는 사이, 아이들은 썰물처럼 흩어졌다. 문제를 틀린 것도 속상한데 아이들의 불평까지 들어야 하다니. 이게 쪽지 시험에서 혼자 만점을 받은 대가인가?

시험 기간이 끝나자 담임이 나를 교무실로 불렀다.

"아직 학기 초라 친구들이랑 가까워지기 좋은 기회잖아. 안 가면 아쉽지 않겠어?"

담임 책상 위에는 수련회 신청서가 쌓여 있었다. 못 친해지는 아이들은 무슨 기회가 있어도 못 친해져요. 그렇게 대답하고 싶은 마음을 꾹 눌렀다.

"선생님이 이유를 물어도 될까?"

"낯선 곳에 가면 잠을 한숨도 못 자요."

잠깐 침묵이 흘렀다. 내가 봐도 별 시답잖은 이유다. 선생님은 내 말을 믿을까?

"그래. 아직 기한이 좀 있으니까. 혹시라도 생각이 바뀌면 꼭 얘기해 줘."

"네."

교무실을 나서는데 복잡한 기분이 밀려들었다. 중학교에선 졸업 여행을 가지 않고 학교에 남아 자습을 한 아이가 많았는데. 설마 우리 반에선 나 혼자만 불참하는 건가? 고등학교에서는 공부하느라 수련회나 수학여행 같은 건 포기하는 애들이 더 많다고 들었는데, 아닌가?

학교 안 아이들은 참 이상하기만 하다. 평소에는 사소한 일에도 의견이 부딪치고 트집을 잡으면서 체육대회나 축제처럼 학생 그 누구에게도 동의를 구하지 않고 그저 매년 해 오던 것이기에 일어나는 일들에는 당연하게 동참한다. 어떻게 그럴 수 있을까?

교실은 소란했다. 다들 곧 있을 수련회 이야기에 잔뜩 들떠 보였다. 2박 3일 수련회라니. 꼼짝없이 아이들 사이에 섞여 밥을 먹는 것부터 잠을 자는 것까지 온종일 함께해야 하고, 그걸 일일이 붙어서 같이 할 친구가 한 명은 필요했다. 교실에선 하루 동안 몇 마디 안 하고도 거뜬히 지낼 수 있지만 낯선 장소에서까지 꿔다 놓은 보릿자루처럼 놓여 있을 자신이 없었다.

시끄러운 교실에서 빠져나왔다. 오늘도 가장 만만하고도 편안한 도서실로 향했다. 구석 자리에 앉아 휴대폰에 검색어를 입력했다.

**고등학교 수련회**
**고등학교 수련회 불참**

고등학생인데요. 학교 수련회 가기 싫은데 불참해도 괜찮나요? 불이익 같은 거 없나요? 나와 비슷한 고민을 하는 사람들이 올린 게시 글이 드문드문 보였다. 올라온 지 몇 년이 지난 글도 있었다. 저기요, 저도 비슷한 고민을 하고 있어서 그런데, 결국 수련회에 안 가셨나요? 만약에 갔으면 어땠나요? 후기 좀. 이렇게 댓글이라도 달고 싶었다. 왜 이럴 때는 같은 반 아이들보다 한 번도 만난 적 없는 인터넷 속 누군가가 더 가깝게 느껴지는 걸까.

초등학교 졸업 여행은 남해의 어느 도시로 갔었다. 나와 친했지만 최은지와 가까워지면서 나를 따돌린 무리 중 한 명과 같은 숙소에 배정됐다. 그 애는 몰래 다른 아이와 방을 바꿨다가 선생님에게 들켜서 어쩔 수 없이 나와 한방을 쓰게 됐다. 나는 그 애에게 내가 무엇을 잘못했기에 갑자기 다들 나를 멀리하는지, 내가 무엇을 고치면 좋을지 물었다. 그 말을 하면서 목소리가 덜덜 떨렸다.

"김이경, 너 은지랑 이시우랑 싸운 거 몰라?"

"응. 은지가 얘기했잖아. 맨날 이시우 욕하고."

"근데 넌 왜 자꾸 이시우한테 말 걸고 친한 척하고 그래?"

"아. 근데…… 은지랑 싸운 거지 나랑 싸운 건 아니잖아."

"그걸 일일이 말해줘야 아니? 그러니까 네가 눈치 없단 소리를 듣는 거야."

그 애는 정말 지긋지긋하단 표정으로 그렇게 말했다.

졸업 여행 마지막 날 코스에 놀이공원이 있었다. 친했던 무리에서 쫓겨나면서 나는 같은 학원에 다니던 두 아이와 한동안 함께 지냈다. 놀이공원에 도착하자 그 아이들이 말했다. 원더월드에서는 우리 둘이서만 놀고 싶어. 그래도 되지?

홀수란 원래 그런 걸까. 다리가 세 개인 책상은 휘청거릴 수밖에 없는 것처럼. 원래 친했던 다섯에서 튕겨 나온 나는 그렇게 셋 안에서도 밀려났다. 담임 선생님이 놀이공원 벤치에 우두커니 있는 나를 우연히 발견하기 전까지 나는 혼자서 네 번이나 관람차를 탔다.

중학교에 와서 새로 가까워진 아이들이 있었지만 교실 밖에서도 이어지진 못했다. 학교 안에선 함께 이동수업에 가거나 급식을 먹고, 집으로 가면 따로 연락하지 않는 사이. 그렇게 느슨한 사이로 지내다가 학년이 끝나고 반이 갈라지면 복도에서 마주쳤을 때 인사만 하는 사이로 돌아갔다.

그러다 3학년 때 친해진 게 규리를 포함한 네 명의 무리였다. 규리를 제외하고는 학교까지 갈라진 데다 바쁜 고등학생이 됐으니 점점 멀어지는 일만 남았겠지. 늘 친구가 어려운 나는 우정을 꾸준히 유지할 만한 인력을 갖고 있지 못했다. 언젠가 우리는 멀어지겠지. 결국에는 저 아이도 나를 답답해하고 무시하겠지. 그런 지겨운 지레짐작에 빠져있다가 예상하던 일이 일어나면 그것 봐, 하고 자조할 뿐이었다.

그러니 홀수인지 짝수인지가 중요한 게 아니라 무리 안에 속해 있는 게 나와는 어울리지 않는 일 아니었을까. 그렇게 생각을 정리한 나는 그냥 '1'로 지내기로 했다.

주말 아침의 조조 영화만큼 '1'에게 어울리는 취미도 없다. 시험 기간이라 못 보고 미뤄두었던 영화를 드디어 보러 왔다. 이른 오전이라 영화관은 한산하기만 했다.

팝콘을 사서 나오는데 에스컬레이터를 타고 올라오는 여자애들 무리가 보였다. 나도 모르게 고개를 숙였다. 학교 밖에서 또래 무리를 마주치는 건 늘 싫지만, 그중에서도 가장 불편한 장소가 바로 영화관이었다.

누구를 기다리는 척이라도 할까. 괜히 휴대폰만 만지작대며 로비 구석에 뻘쭘히 서 있는데 묘한 기분이 들었다. 흘끗 주변을 살피니 여자애 셋은 예매 키오스크 앞에서 머리를 맞대고 있었다. 셋이 뭘 말하더니 차례로 이쪽을 힐끗거렸다. 나를 본 게 아닌가? 내 착각인가? 헷갈리는 나에게 무리가 다가와 물었다.

"이거 먹을래……요?"

내가 또래라는 것을 의식했는지 어색한 존댓말이었다. 나는 여자애가 내미는 음료수병만 물끄러미 보았다.

"밑에 편의점에서 원플원 해서 받았는데 하나가 남아서."

다른 아이가 끼어들었다. 아무리 남는 거라지만 이걸 왜 나한테 주는 거지? 셋이서 나눠 마셔도 되고, 집에 가져가도 될 텐데.

얼른 받으라는 듯 여자애가 음료수병을 더 높이 내밀었다. 내가 우물쭈물 받아들자 무리는 그대로 뒤돌아 가버렸다. 그제야 여자애들 뒤편에 서 있던 누군가가 눈에 들어왔다.

"이경이 맞지? 영화 보러 왔어?"

아는 얼굴인데 누구더라, 잠깐 멈칫했다 떠올랐다. 지난번 찻집에서 본 언니.

"아는 애들이야?"

"아니요. 갑자기 와서 이거 줬어요."

"근데 표정이 왜 그렇게 떨떠름해?"

떨떠름? 내 표정이 그랬구나.

"이경이 너 솔이랑 비슷한 구석이 있구나. 그래서 친구겠지만."

찻집 언니가 씩 웃었다. 무슨 뜻이지? 어리둥절한 마음을 안고 언니를 따라 상영관으로 올라갔다.

찻집 언니가 예매한 영화도 나와 같은 영화였다. 언니와 나는 두 칸을 띄우고 앉아 영화를 관람했다. 언니도 굳이 내 옆으로 자리를 옮기지 않는 걸 보니 나 같은 혼영족인 듯했다. 일요일 오전마다 혼자 영화관에서 영화를 보는 사람. 내가 되고 싶은 어른의 모습 중 하나였다. 겨우 두 번째 만남이지만 어쩐지 언니가 가깝게 느껴졌다.

영화는 대홍수를 맞은 동물들이 함께 배를 타고 모험을 하는 내용이었다. 영화 속에선 인간의 흔적이 나오지 않았다. 대사도 없었다. 고요한 대자연의 소리 사이, 옆에서 누군가 훌쩍이는 소리가 들려왔다.

길지 않은 크레디트가 모두 올라가고 쿠키 영상까지 본 후에 상영관을 빠져나왔다. 환한 로비에서 다시 본 찻집 언니는 눈가가 붉어져 있었다.

"시작하고 5분 만에 울 줄이야. 주인공 고양이 혼자 헤맬 때 너무 안쓰럽지 않았니?"

언니가 손수건으로 코를 훔쳤다. 그 모습을 보는데 나도 참지 말고 그냥 울걸, 하는 이상한 생각이 들었다. 6학년 때, 수업 시간에 선생님이 틀어준 다큐멘터리를 보다가 눈물을 흘린 적이 있다. 수업이 끝나고 선생님이 교실을 나서자마자 익숙한 목소리가 비아냥거렸다. '울 정도는 아닌데?' 그렇게 사소한 것에 감동하고 감성적인 성격이 웃음거리가 될 수 있다는 사실을 알게 된 후로는 집 밖에서 절대 눈물을 흘리지 않았다.

영화관 건물을 나왔다. 해가 절정인 거리는 눈이 부실 정도로 밝았다. 언니는 바로 공원에 간다고 했다. 같은 방향으로 한참 걷다 언니가 물었다.

"그건 안 마실 거야?"

"아, 드릴까요?"

"아니, 그런 뜻은 아니고. 솔이도 전에 그런 적 있거든."

전솔이 다시 이사를 온 지 얼마 되지 않았을 때 일이라고 했다. 하루는 전솔이 이삿짐을 풀고 남은 책들을 중고 거래로 판다길래 언니도 따라갔는데, 구매자가 전솔에게 싸게 팔아줘서 고맙다며 과자를 선물했다. 그런데 전솔이 단번에 거절해서 언니가 대신 받아주었다고 했다.

친절을 베푸는 데 인색한 사람이 있는 것처럼 친절을 받는 것에도 어색한 사람들이 있는 건지도 모른다. 중학교에 입학했을 때, 아이들이 다가와 별 뜻 없이 묻는 말에도 나는 제대로 대답하지 못했다. 어느 초등학교에서 왔는지, 누구랑 친하게 지냈는지. 친구 사이에 당연하게 물어볼 수 있는 말들에도 숨은 뜻이 없는지 촉각을 곤두세웠다. 짝이 주는 간식도 거절했고, 지우개처럼 얼마든지 나눠서 쓸 수 있는 것들도 빌리거나 빌려주지 않았다.

이유 없이 사람을 배척하고 괴롭히는 사람들이 존재한다는 것을 알게 되니 이유 없이 남을 돕고 호의를 베푸는 사람들이 이상하게만 느껴졌다. 날이 선 한 마디는 몇 달, 심지어 몇 년을 두고도 곱씹으면서 사소하고 일상적인 친절은 금세 잊어버렸다. 한 번 비뚤어진 마음은 자꾸만 인간은 원래 그런 거라고, 원래 믿을 수 없고 이기적이라는 신념과 어울리는 쪽으로만 시선을 돌리게 했다.

전솔도 그런 걸까? 그렇다기엔 교실에서 다른 아이들과 웃으며 간식을 나눠 먹던 모습이 절로 떠올랐다.

"근데 너희 수련회 간다며?"

언니가 불쑥 물었다. 전솔과 시시콜콜한 이야기까지 다 하는 사이인 듯했다.

"저는 안 가요."

나는 아무렇지 않은 척 답했다.

"그래? 솔이도 안 가기로 했다던데."

"정말요?"

언니가 고개를 끄덕였다.

나는 언니에게 고등학교 수련회가 어땠는지 물었다. 언니가 묘한 미소를 지으며 말했다.

"나도 몰라. 가본 적이 없거든."

왜요? 궁금했지만 묻지 않았다. 언니도 나에게 이유를 묻지 않았고, 그게 날 배려했다고 느껴졌기 때문이었다. 헤어지기 전, 언니와 나는 휴대폰 번호를 교환했다.

산책을 나온 전솔과 만나자마자 찻집 언니와 우연히 같은 영화를 본 이야기를 들려줬다. 그 끝에 나는 전솔에게 왜 수련회를 가지 않는지 물었다. 재미없을 것 같아서. 전솔의 대답은 그게 전부였다.

우리는 초등학교 앞을 지났다. 노란색으로 칠해진 인도 위에 섰다. 인도 옆 담벼락에 '옐로카펫'이라는 표지판이 붙어 있었다.

"담임이 너보고는 수련회 가자는 말 안 했어?"

내가 물었다.

"응. 내가 얘기했거든. 무섭다고."

"뭐가 무서운데?"

"나 없는 사이에 무슨 일이 생기면 어떡해."

"……"

"이상하게 들리지? 근데 진심이야."

전솔이 자조하듯 웃었다.

뭐가 이상해? 하나도 안 이상해. 그렇게 말해주고 싶었다. 왜 큰길을 다닐 때는 바짝 긴장하고, 건널목을 건너기 전에 심호흡을 하는지. 왜 불쑥불쑥 넋이 나간 것처럼 멍해지는지. 왜 다른 도시로 떠났다가 다시 돌아왔는지. 왜 학교 안과 밖에서 다른 표정을 짓는지. 전솔을 가까이에서 보고 겪을수록 의아한 것들이 생겼지만 섣불리 묻고 싶진 않았다.

불이 바뀌었다. 어린이 보호구역. 여기서부터 속도를 줄이세요. 길을 걷는 동안에도 샛노란 표지판 속 문구가 눈에 띄었다. 저렇게 또렷한 노란색을 보고도 아무런 마음의 동요가 일어나지 않는 사람, 경고 문구 따윈 얼마든지 가볍게 무시

할 수 있는 사람도 존재하겠지. 그렇다면 이 세상을 정직하고 성실하게 살아가는 나머지 사람들은 뭘까. 그렇게 애쓰며 사는 게 무슨 의미가 있을까. 종종 드는 의문이었다.

조금 전 전솔이 툭 꺼내놓은 무섭다는 말이 자꾸 울려대는 듯했다. 나도 대답해 주고 싶었다. 실은 나도 무서워서 그래. 섣불리 친구를 믿고 의지했다가 또 혼자가 되는 것도 무섭고. 의미를 알 수 없는 아이들 눈빛도, 가볍게 함부로 내뱉는 말들도 나에겐 다 어렵고 무서워. 근데 피하기만 하면 영영 두려워만 하겠지.

"나 초등학교 졸업 여행 때 친구 없어서 혼자 다녔거든. 그래서 중학교 때는 학교 행사마다 다 빠졌어. 난 이제 학교 애들이랑 어디 간다고 하면 무섭더라."

"……."

나도 솔직해지고 싶어 털어놓은 말인데, 뱉고 보니 부끄러운 건지 속상한 건지 알 수 없는 복잡한 기분이 들었다. 전솔은 아무 말도 하지 않았다. 초라하게 쪼그라든 내 속마음 앞에 놀란 기색도, 나를 측은하게 여기는 기색도 없었다.

"김이경 네가 왜 친구가 없어? 나 있잖아."

"……그럼 나랑 수련회 같이 가는 거 어때?"

나도 모르는 사이 손에 땀이 밴 모양이었다. 시루가 내 손에 코를 대고 쿵쿵대기 시작했다. 어릴 때는 개를 보면 무서워서 덜덜 떨었는데 이젠 아니었다. 고모는 시간을 들여서 천천히, 내가 개에게 익숙해질 수 있도록 도와줬다. 뭔가를 두려워하는 건 약하거나 못난 게 아니라고 알려준 것도 고모였다.

"내가 장담할게. 수련회 간 동안 아무 나쁜 일도 안 생겨. 진짜야."

나는 전솔의 눈을 똑바로 바라보았다. 고모가 나를 안심시킬 때 하던 것처럼.

"좋아. 대신 나도 조건이 있어."

"뭔데?"

"타임캡슐 찾는 거 도와줘."

"그걸 진짜 찾겠다고?"

"싫으면 말고."

"아냐. 도와줄게."

"그래!"

전솔이 나에게 손을 내밀었다. 그 손을 맞잡자 전솔이 장난스럽게 손을 흔들었다. 그 순간에는 내가 알던 초등학생 전솔로 잠깐 돌아간 듯했다.

이경아. 인간이 제일 솔직해지는 순간은 뭔가를 두려워하는 게 드러날 때야. 자기가 두려워하는 걸 숨기지 않는 사람은 마음껏 믿어도 돼. 언젠가 고모가 했던 말이었다.

고모는 지금 이 지구 위 어디쯤 있을까? 고모는 훌쩍 가족을 떠나는 게 겁나고 무섭지 않았을까? 아무리 시간이 흘러도 익숙해지지 않는 그리움에 가슴 속 어딘가가 시큰거렸다.

# 빈 의자

 학교에서 단체 버스를 타고 두어 시간은 달려서 수련회 장소에 도착했다. 수련원은 산 중턱 자연 휴양림 안에 있었다. 산 싫은데, 빼박 등산 일정도 있겠지, 그렇게 툴툴거리던 아이들은 막상 넓은 휴양림에 도착하고 나니 들뜬 마음을 감추지 못했다.

 나는 주영과 2인 숙소에 배정됐다. 교실에서 어쩌다 눈이 마주치면 늘 웃으며 눈인사를 건네는 아이였다.

 "넌 여기 와본 적 있어?"

 주영이 가방을 풀면서 물었다.

 "아니."

 "난 가족끼리 와봤어. 여기 옆에 캠핑장 있거든."

"그랬구나. 좋았어?"

"응! 이따 밤에 하늘 보잖아? 완전 별천지야. 어? 이거 여기 있었네. 초콜릿 먹을래?"

내가 머뭇거리자 주영이 내 가방 위에 초콜릿을 올려줬다. 주영은 나와 영어 과제를 함께했던 다애와 친한 무리였다. 박유정과 김다애는 그때 단톡방에서 인사도 없이 나가버린 후로 교실에서 나에게 알은체를 하지 않았다.

누군가 방문을 쿵쿵 두드렸다.

"나 들어간다!"

문이 벌컥 열리더니 전솔이 신난 얼굴로 들어섰다.

"워, 이 방 좋다. 햇빛도 잘 들어오네?"

"쏠, 이거 먹을래?"

"좋아!"

전솔은 슬리퍼를 벗어 던지고 방으로 들어와 앉았다. 오늘 저녁 카레래. 이런 데선 꼭 카레 나오더라. 두 사람은 과자를 나눠 먹으며 쉴 새 없이 떠들었다. 마침 주영에게 전화가 오면서 대화가 멈췄다.

"응? 나 307호. 너 양말 몇 개 가져왔어? 내가 갈게!"

주영이 통화를 하면서 방 밖으로 나갔다.

둘만 남게 되니 전솔이 잠잠해졌다. 나는 아까부터 하고 싶었던 말을 꺼냈다.

"일부러 챙겨주는 거면 안 해도 돼."

"무슨 소리야?"

"계속 일부러 말 걸고 찾아오고 그러고 있잖아. 아까 버스에서부터."

"아닌데."

전솔은 괜히 방을 한 번 둘러보더니 철퍼덕 방바닥에 드러누웠다.

"이 방 조용해서 좋다."

"……."

"한숨 잘래. 집합 시간 되면 깨워줘."

"맘대로 해."

정말 자는 건지, 자는 시늉을 하는 건지. 대자로 드러누운 전솔의 몸이 작게 오르락내리락했다. 나는 가방에서 태블릿을 꺼내 이어폰을 끼고 버스에서 보던 영화를 재생시켰다.

"뭐 보는 거야?"

그새 자는 척을 관둔 전솔이 눈을 말똥말똥 뜨고 물었다.

"공포 영환데, 너도 볼래?"

"으으, 아니."

전솔이 질색하며 다시 눈을 감았다.

영화를 보는데 자꾸 상념이 끼어들었다. 수련회에 온 건 잘한 선택이었을까. 여기서 어떻게 이틀 밤이나 자지? 괜히 친구가 없다는 말을 해서 전솔에게 챙겨줘야 하는 짐이 된 건 아닐까.

그사이 전솔은 정말 잠이 들었는지 뒤척이지 않았다. 복잡하던 마음이 조금 누그러지는 듯했다. 누군가 저렇게 편하게 자고 있다는 사실이 이 방 안의 공기를 바꿔놓은 건지도 몰랐다. 적어도 이 방 안은 안전해. 무방비하게 잠든 전솔의 모습이 그렇게 말해주는 것만 같았다.

저녁 메뉴는 카레였다. 규리는 나에게 언질도 없이 자기네 반 친구들을 데려와서는 같이 밥을 먹었다. 나는 그 애들의 대화를 엿들으며 각자의 이름을 파악해야 했다. 나만 다른 반이어서 그런가……? 밥을 먹는 내내 내가 눈치 없이 낀 기분이었다.

저녁 식사를 마치고서 규리가 나를 로비 구석으로 데려가 말했다.

"앞으로 학교에서 급식도 쟤네랑 같이 먹으려고. 그래도 되지?"

"근데 쟤들은 네 친구잖아. 난 잘 모르는데."

규리의 인상이 구겨졌다. 규리가 답답할 때면 짓는 표정이었다.

"그럼 김이경 너도 너희 반 애들이랑 먹든지."

"생각해 볼게."

"그래, 그럼."

답을 미루기 위한 것일 뿐, 생각해 본다는 말은 거짓말이었다. 난 아직 우리 반에 함께 급식을 먹을 만큼 친한 아이가 없다. 규리는 정말 그걸 모르는 걸까?

점호 전까지는 자유 시간이었다. 규리와 헤어져 방으로 돌아왔다. 방문을 열자마자 낯선 신발들이 문에 치였다. 깔깔거리며 웃던 주영이 나를 발견했다.

"이경! 저녁 맛있게 먹었어?"

"응."

바닥에 둘러앉은 아이들은 주영의 무리였다. 조별 과제 이후로 서먹해진 다애도 있었다. 여기도 내가 있을 만한 곳은 아니구나. 나는 곳곳에 널브러져 있는 아이들을 피해 짐을 꺼내 나왔다.

세면장에서 이를 닦고 나오니 딱히 갈 곳이 없었다. 아무도 나를 쫓아내지 않았지만 쫓겨난 느낌이 드는 건 왜일까.

복도를 어슬렁거리다 어느 방에서 나오는 강유림과 마주

쳤다.

"안녕."

뭐라고 말을 걸어야 할지 몰라서 인사부터 해버렸다. 아까 버스에서도, 반별 프로그램을 할 때도 내내 봤으면서 갑자기 인사하다니.

"너도 우리 방 와서 놀래?"

강유림이 물었다. 내가 왜 혼자서 복도를 떠돌고 있는지 말하지 않아도 들킨 것만 같았다. 아아 그래, 내가 어색하게 대답하자 강유림이 나를 자기 방으로 데려갔다.

강유림의 방은 4인 숙소였다. 나와 주영의 방보다 훨씬 넓고, 작은 테라스도 딸려 있었다. 다행히 아이들이 웃으며 나를 반겨줬다. 다들 잠옷을 입고 있어서 그런지 교실에서보다 친근해 보였다.

나도 아이들 사이에 끼어서 보드게임에 참여했다. 각 팀이 주사위 다섯 개를 던져 승부를 내는 게임이었다. 점수판에는 주사위를 던져서 나올 수 있는 여러 경우의 수가 제시되어 있었다. 숫자 합을 어느 조합에 포함할지 머리를 써야 하는 게임이라 쉽지 않았다. 내가 게임 룰을 다 이해하지 못한 채 참여하고 있다는 사실을 알아챘는지 나와 같은 팀인 강유림이 뒤에서 계속 코치했다.

주사위를 던졌다. 주사위 다섯 개의 눈이 모두 4로 나왔다. 아이들이 환호했다.

"대박!"

"와! 우리 팀 이기겠다!"

주사위 눈은 운이 결정하는 영역일 텐데. 내가 뭘 잘했다는 느낌은 들지 않았지만 아이들이 기뻐하니 좋았다.

게임에 열중하느라 몰랐는데 전솔에게 문자가 도착했다.

> 김이경! 방에 없네?
> 매점 안 갈래?

내가 또 혼자 있을까 봐 걱정할까 싶어 바로 답장했다.

> 나 301호 애들이랑 보드게임 중이야

게임 몇 판을 마치고 과자를 먹으며 분위기가 조금 식었을 때, 나는 아까부터 궁금했던 테라스로 나가봤다. 건물 뒤쪽 숲은 불빛 하나 없이 어두웠다. 몸에 한기가 서리면서 공포 영화가 절로 떠올랐다. 강유림이 뒤따라 테라스로 나왔다.

"꼭 무슨 일 일어나기 좋게 생기지 않았어?"

강유림이 흥미롭다는 듯 물었다. 낯선 도시. 아이들만 모여 있는 산속 숙소. 어둠까지 다 집어삼킬 것만 같은 숲. 상상력을 자극하기 좋은 것들이었다.

"맞아. 그런 데선 괜히 혼자 다니거나 가지 말라는 데 가는 애들이 제일 먼저 희생되잖아."

내 말에 강유림이 픽 웃었다. 내가 '영화 속에서는'이라는 설명을 덧붙이지 않았는데도 알아들은 듯한 얼굴이었다.

"음침하고 답답한 캐릭터들 꼭 하나씩 있지. 절대 주인공이 될 수 없는."

그런가? 뭐라고 답해야 할지 몰라 어색하게 웃었다.

"너 영화감상반이지? 나 거기 들까 엄청 고민했었는데."

강유림이 먼저 영화 이야기를 꺼내다니. 수련원에 온 후로 가장 반가운 순간이었다.

"근데 왜 안 들었어?"

"그런 데서 보는 영화는 내 취향이 아니더라."

하긴. 학교에선 모두를 만족시킬 만한 유명 영화들 위주로 틀어주니까. 영화감상반에도 특별히 영화를 좋아한다기보다는 무난하고 쉬운 동아리를 찾아서 온 아이들이 더 많아 보였다. 강유림의 말이 충분히 이해됐다.

"그래도 학교에서 다 같이 보면 더 재밌어."

그래? 강유림이 고개를 갸웃하며 픽 웃었다.

"전에 프로필에 올렸던 사진 말이야. 영화 스틸컷 맞지?"

"그 영화 알아?"

나는 얼른 고개를 끄덕였다.

우리는 영화 이야기를 계속했다. 듣다 보니 강유림은 영화뿐만 아니라 다른 관심사가 많았다. 아는 것이 많고 경험한 것도 많다 보니 내가 아니라 다른 누구와도 얼마든지 교집합을 만들 수 있을 것 같았다. 그래도 이만큼 영화 이야기가 잘 통하는 친구는 처음이라 하고 싶은 말이 끊이지 않았다.

"언젠가는 영화 만드는 일도 해보고 싶어."

강유림의 말에 심장이 두근거렸다.

"왜?"

"크레디트에 이름 뜨는 거 멋지잖아. 근데 이번 생은 말고 다음 생에."

"왜 다음 생이야?"

"하고 싶은 것만 하면서 살 수는 없으니까."

그런 건 어른들이나 할 법한 말 아닌가. 아직 우리는 전공도 정하지 않은 고 1인데. 강유림의 말이 수긍이 되면서도 아쉬웠다. 정작 그런 말을 하는 강유림은 하나도 아쉽지 않아 보였지만.

"너 말이야. 김주영네 무리가 눈치 줘서 나와 있었지?"

강유림이 웃으며 물었다. 다 안다는 듯한 눈빛에, 아니라는 말이 선뜻 나오지 않았다.

"너는 왜 화를 안 내? 살면서 누구한테 화내본 적 있어?"

왜 저런 걸 묻는 거지? 순간 떠오르는 게 있었다.

"그…… 조별 과제 일 때문에 묻는 거야?"

"그것도 그렇고. 그냥 그래 보여서."

무엇이 '그렇게 보인다는' 건지 한 번에 이해되지 않았다. 내가 강유림을 당당하고 멋있는 아이라고 생각했듯이 반대로 강유림은 나를 답답한 아이로 보고 있었으려나.

그때 방 안에서 누군가 외쳤다.

"이따 인원 체크한대!"

강유림은 다른 말 없이 안으로 가버렸다. 조금 복잡해진 기분을 안고 방으로 돌아왔다. 다들 흩어지고 주영만 물티슈로 방바닥을 닦고 있었.

점호 시간이 지났다. 이제 자야 할 시간이었다. 갑자기 찾아온 적막에 오늘 하루 동안 보고 겪은 이미지들이 머릿속을 둥둥 맴돌았다. 규리의 새로운 친구들. 잠옷 차림으로 게임을 하며 환호하던 아이들. 화를 내본 적 있냐고 묻던 강유림의 얼굴.

내가 잠들지 못하고 있다는 사실을 알아챘는지 건너편 침대에서 주영이 내 이름을 불렀다.

"잠 안 오지 않아? 아니, 요즘 세상에 밤 10시에 자는 사람이 어딨겠냐고. 공부 다 끝내고 폰 보면서 도파민 터질 시간인데."

"맞아."

"그럼 우리 수다나 떨자."

주영의 목소리가 한 톤 높아졌다. 그 애가 재잘재잘 떠드는 목소리가 꼭 자장가 같았다.

우리는 자리에 누운 채 한참을 떠들다 잠들었다. 주영은 생각보다 대화가 잘 통했고 좋은 아이 같았다. 아까 강유림에게는 제대로 답하지 못했지만 주영과 아이들이 나에게 눈치를 준 것도 아니었다. 왜 재미있고 친절한 아이들에겐 이미 다른 친구들이 많을까. 그런 바보 같은 생각을 하다가 스르르 잠이 들었다.

둘째 날 오후 프로그램은 강당에서 조를 나눠서 하는 활동이었다. 예닐곱 명씩 나뉘어 빈 의자를 둘러싸고 동그랗게 앉았다. 아까 무대 위에서 시범을 보인 선생님보다 훨씬 앳되어 보이는 선생님들이 한 조씩 맡았다. 딱 봐도 대학생이야. 내 옆에 앉은 주영이 속닥거렸다.

선생님이 빈 의자 옆에 서서 아이들을 둘러보며 말했다.

"지금 여러분 마음속에 있는 분노를 떠올려 보세요. 가장 최근에 경험했던, 나를 화나게 했던 일화도 좋아요."

정신이 번뜩 들었다. 당장 어젯밤, 강유림은 나에게 화를 내본 적 있냐고 물었다. 강유림도 그 대화를 떠올리고 있을까? 나는 다른 조에 있는 강유림의 뒷모습을 바라보았다.

"그 분노와 관련 있는 사람이 이 의자에 앉아 있다고 생각하는 거예요. 이 의자에는 내가 원하는 누구라도 앉힐 수가 있어요. 과거, 현재, 미래. 어디에 있는 사람이든 가능해요."

선생님의 설명이 끝나고 역할극이 시작됐다. 자진한 아이들이 차례로 원 안에 들어갔다. 아이들은 평소 교실에서는 볼 수 없는 진지한 얼굴로 역할극을 했다. 너 요즘 왜 이렇게 공부에 집중을 못 하니, 정신을 차리란 말이야, 하며 자기를 상대로 잔소리를 하는 아이가 있었다. 또 다른 아이는 엄마를 부르며 어젯밤에 전화로 짜증 내서 죄송하다며 눈물까지 흘렸다. 아이들이 이렇게 금방 솔직해질 수 있다는 게 놀라웠다.

"시간상 한 명만 더 해볼 수 있을 것 같아요. 원하는 친구 있나요?"

나를 포함한 나머지 아이들은 별로 내키지 않는 표정으로 서로의 눈치만 살폈다.

"시루 친구가 방금 나랑 눈이 마주쳤어요. 나와볼래요?"

'시루'는 집단 프로그램을 시작할 때 정한 전솔의 닉네임이었다. 전솔은 잠시 뜸을 들이더니 일어나 원 안으로 왔다. 그러고는 비어 있는 두 의자 중 한 곳에 앉았다.

"시작해도 좋습니다."

선생님의 말에도 전솔은 굳은 듯 앉아 있을 뿐이었다. 침묵이 길어지자 아이들이 의아한 표정으로 갸웃댔다. 전솔의 맞은편 자리에 내가 있었다. 지금 동그랗게 둘러앉은 여섯 명 중 그 애의 표정을 가장 자세히 볼 수 있는 게 나였다.

나는 조심스레 손을 들었다.

"저, 선생님."

"네."

"제가 대신해도 될까요?"

"아, 그렇게 할까요?"

선생님이 시루, 아니 전솔에게 허락을 구하듯 물었다. 전솔은 대꾸 없이 획 일어나서는 원 밖으로 나갔다. 그렇게 계속 걸어가 강당을 나가버렸다. 전솔의 돌발 행동에 고요하게 가라앉아 있던 분위기가 냉랭해졌다. 나는 전솔이 있던 가운데

의자로 가서 앉았다.

"사실 전부터 느꼈던 건데."

"……."

"너는 정말로. 정말로…… 이기적이고."

"……."

"네 기분대로 하는 거, 좀 지겨워."

"……."

"나는 사실…… 네가 싫은 것 같아."

마지막 말은 한 번도 생각하지 않았던 건데. 어디서 툭 튀어나온 건지 모를 마음이었다. 그 말까지 뱉고 나니 더 하고 싶은 이야기가 없었다. 내 차례를 마무리하기 전 선생님이 물었다.

"기분이 어때요?"

나는 고민하다 적당한 답을 골랐다.

"잘 모르겠어요."

조금 시원해졌어요, 후련해요. 내가 다른 아이들처럼 그런 말을 하리라고 기대했던 걸까. 선생님이 멈칫했다. 그러고는 표정을 바꿔 나를 달래듯 말했다.

"그래요, 그럴 수 있어요."

오후 일정이 그렇게 끝났다. 저녁을 먹기 전까지 자유 시간이라는 말에 아이들은 다시 무리를 지어 흩어졌다. 내가 제일 싫어하는 자유 시간. 오늘은 방에서 주영의 무리와 좀 친해져 볼까 기대했지만 그럴 기분이 아니었다.

의무실은 1층 복도 끝에 있었다. 의무실 문을 열고 들어서니 전솔이 놀란 눈으로 돌아보았다.

"나 여기 있는 줄 어떻게 알았어?"

"담임한테 들었어."

나는 전솔의 맞은편에 앉았다.

"아까 나 대신 나선 거지? 미안. 할 마음 없었을 텐데."

전솔은 진심으로 미안해하는 표정을 지어 보였다. 나는 고개를 저었다.

"누가 나한테 그랬거든. 너는 왜 화를 안 내냐고. 그래서 한번 해보고 싶었어."

"해보니까 어땠어?"

"음, 별로던데. 마냥 후련하지도 않고."

내가 예상하던 것보다 더 별로였어. 내가 제대로 못 해서 그런 걸 수도 있지만. 강당에서도 들었던 생각이지만 솔직하게 말할 수가 없어서 잘 모르겠다고 둘러대기만 했었다.

"아까 선생님이 그랬잖아. 화를 제대로 표현하는 게 중요하다고. 근데 말이야. 그냥 그런 사람이 있을 수도 있잖아. 화를 내지 못하는 것도 아니고, 낼 줄 모르는 것도 아니고. 그냥 화 같은 건 내기 싫은 사람일 수도 있잖아."

어쩌면 강유림이 나를 제대로 본 건지도 모른다. 난 사실, 규리처럼 목소리가 크고 편들어 줄 친구가 많은 아이랑 싸워서 이길 자신이 없다. 그래서 싸우고 싶지도 않고, 갈등을 회피하는 것이 맞다. 하지만 그게 꼭 잘못된 걸까? 미련하고 약한 걸까?

"나도 그랬으면 좋겠다."

전솔이 말했다.

"왜? 난 내가 답답한데."

"나보단 나아. 나는 싫은 인간이 너무 많거든."

"……."

"제발 좀 죽어버렸으면 하는 인간도."

무슨 말을 해야 할까, 아무리 머리를 굴려도 떠오르지 않았다.

죽어. 죽어버려. 영화 속에선 수십 번 보고 들었던 말인데 실제로 들으니 결코 가볍지 않았다.

아까 전, 나는 빈 의자 앞에 앉아 있던 전솔이 슬퍼하고 있다고 생각했다. 저대로 두면 울 것 같다고. 붉어진 눈으로 뭔가를 꾹 참고 있었으니까. 하지만 전솔이 그 자리에서 참고 있던 건 눈물이 아니라 다른 것일지도 모르겠다는 생각이 이제야 들었다.

우리는 의무실에 조금 더 있다가 숙소로 돌아왔다. 내내 조용하던 전솔은 복도에서 우리 반 아이들과 마주치자 언제 그랬냐는 듯 웃으며 장난을 쳤다.

잠들기 전, 전솔에게 문자를 보냈다.

> 혹시, 수련회 온 거 후회해?

아니. 생각보다 재밌어
김이경 너는?

> 나도 괜찮아

그럼 됐어

잠자리에 누워 그 대화를 계속 다시 읽었다. 전솔의 마지막 문자가 네가 괜찮으면 됐어, 라고 말해주는 듯했다.

그러고 보니 나는 전솔이 몇 인실에 배정됐는지, 룸메이트가 누구인지도 알지 못했다. 하지만 우리 반 누구와 있든 전솔은 쉴 새 없이 떠들고 장난을 치며 웃었겠지. 그러다 불이 꺼진 방 안, 아무도 자신을 볼 수 없는 곳에서는 지금 어떤 표정으로 잠을 청하고 있을까.

아무에게나 보여주지 않을 그 애의 얼굴을 그려보았다. 창문 너머, 칠흑 같은 어둠 어딘가에서 풀벌레 소리가 길게 이어졌다.

# 지구의 모양

2박 3일간의 수련회가 끝났다.

집으로 와서 짐을 풀자마자 전솔에게 문자를 보냈다. 한참 뒤에서야 시루와 저녁 산책을 다녀왔다는 답장이 도착했다. 피곤할 텐데 산책까지 하고 오다니. 놀랍기도 했지만 전솔이 아무렇지 않게 일상으로 돌아온 모습이 반가웠다. 그리고 다행이었다. 수련회에 간 동안 나쁜 일이 생기지 않을 거라고, 전솔에게 장담했던 말이 지켜진 거니까.

음악 시간. 선생님이 오늘은 시청각 수업으로 대체한다며 영화를 틀어줬다. 중학교 음악 시간에 보았던 〈싱 스트리트〉나 〈말할 수 없는 비밀〉과는 분위기가 사뭇 다른 오래된 우리나라 영화였다. 느리고 잔잔한 화면이 이어지자 아이들이 지루한지 책상 위로 픽픽 엎어졌다. 책상에 찰싹 달라붙은 아이들의 등을 둘러보다가 맨 뒷줄에 앉은 강유림과 눈이 마주쳤다. 강유림이 씩 웃더니 손짓했다. 나는 강유림의 옆으로 자리를 옮겼다.

강유림이 음악책 빈 공간에 무어라 적었다.

이 영화 알아?

나는 그 밑에 '아니'라고 적었다. 그렇게 필담이 시작됐다.

나 본 적 있음. 어디서 봤게?

넷플릭스?

아니. 교육방송

ㅋㅋㅋ

근데 다들 엄청 자네

그러게……. 난 재밌는데

필담을 나누며 영화를 감상하고 있으니 수업이 끝났다. 이동수업을 다닐 때는 혼자 가거나 아이들 사이에 대강 묻어갔는데 어쩌다 보니 강유림과 함께 교실까지 왔다. 작년에 국제영화제에 출품된 데다가 평도 좋아서 개봉되기만을 기다리고 있던 신작 영화를 강유림도 알고 있었다. 그 이야기를 하느라 교실에 도착한 줄도 몰랐다.

"김이경! 왜 이제 와?"

규리가 자기 친구들과 함께 나를 기다리고 있었다. 그제야 규리의 친구들과 급식을 먹기로 했던 게 떠올랐다.

"책 놔두고 와. 우린 먼저 가고 있을게."

"응."

규리와 친구들이 저만치 멀어졌다. 교실로 오면서 강유림과 신나게 떠들었던 것이 갑자기 무안해졌다. 규리의 뒷모습을 지켜보던 강유림이 말했다.

"꼭 쟤랑 급식 먹어야 해?"

"응? 왜?"

"그런 거 아니면 나랑 같이 먹어."

나 지우개 좀 빌려줘, 말하는 것만 같은 얼굴이었다.

"유림이 네 친구들은?"

"걔들은 나 빼고 다 같은 반이라 난 너랑 둘이 먹는다고 하면 돼. 같은 반끼리 먹는 게 서로 편하잖아. 생각해 보고 말해줘."

강유림은 대답도 듣지 않고 교실로 들어가 버렸다. 강유림과 전술이 닮았다고 느껴본 적 없는데, 문득 겹쳐지는 모습이 있었다. 살면서 친구에게 거절이나 무안 같은 건 한 번도 당해본 적 없는 듯한 태도. 저런 당당함은 어디서 나오는 걸까. 나도 저런 아이들과 다니다 보면 조금이라도 닮을 수 있으려나.

 주말이 되어 강유림의 제안을 고민해 볼 시간이 생겼다. 어제 늦은 저녁, 강유림이 내일 영화를 보러 가자며 메시지를 보내왔다. 강유림은 자기 학원 근처에 극장이 있으니 거기서 만나자고 했다. 우리 동네에서는 버스로 꽤 가야 했지만 도시에서 제일 큰 아이맥스 관이 있어 전부터 가보고 싶던 곳이었다.
 강유림은 약속 시간이 10분 정도 지나서야 나타났다.
 "네가 말한 영화는 시간대가 애매하더라. 대신 다른 거 봐도 괜찮지?"
 강유림이 물었다. 나는 고민도 하지 않고 고개를 끄덕였다.
 우리는 요즘 SNS에서 '반전이 대박이라 스포를 당하기 전에 얼른 봐야 하는 영화'라며 떠들썩한 최신작을 관람했다. 영화의 3분의 1 정도가 지나자 어떤 반전이 나올지 예상됐다. 영화가 끝나고 웅성거리는 사람들 사이에 섞여 상영관을 빠져나왔다.

"김제욱이 흑막일 줄 알았어. 이렇게 작은 역할로 나올 리가 없잖아."

나는 조금 들떠서 말했다.

"그래? 난 생각도 못 했는데."

규리였다면 영화 덕후 티 내기는, 하면서 핀잔했을 텐데. 강유림이 아무렇지 않게 받아주니 좋았다. 하고 싶은 이야기가 샘솟았다.

우리는 근처 아이스크림 가게로 갔다. 저번에 전솔이랑도 아이스크림을 먹었는데. 전솔은 뭘 하고 있으려나. 시루 산책은 했을까? 주문한 아이스크림을 받아 와서 강유림과 마주 앉아 있는데 뜬금없이 전솔이 떠올랐다.

강유림에게 아이스크림을 먹으러 가자고 한 목적은 따로 있었다. 강유림은 다리를 꼬고 앉아 매장에 흘러나오는 팝송에 맞춰 천천히 발을 끄덕이고 있었다. 나는 슬며시 태블릿을 꺼냈다.

"이거 내가 쓴 거야."

영화를 보고 나와 조금 피곤해 보이던 강유림의 눈빛이 순간 반짝였다.

"종류가 뭔데? 시나리오?"

"그냥 영화 각본집 보고 흉내만 내본 거야."

"나 읽어도 되지?"

강유림이 태블릿을 받아 들었다. 그리고 아무 말 없이 느릿하게, 일정한 간격으로 화면을 넘겼다. 거기엔 내가 전부터 조금씩 써온 이야기들이 모두 담겨 있었다. 말 그대로 흉내만 내본 시나리오였다. 심지어 완결을 맺지 못하고 중간에 뚝 끊긴 이야기나 시놉시스 형태로 짧게 줄거리만 쓴 것들도 있었다.

반응을 기다리는 시간은 길기만 했다. 고개를 숙이고 있어 강유림의 표정이 잘 보이지 않았다. 강유림은 내 파일들을 읽는 동안에도 노래에 맞춰 발을 계속 까딱거렸다.

강유림이 마지막 페이지를 읽더니 물었다.

"이런 건 쓰는 데 얼마나 걸려?"

"틈틈이 써서 잘 모르겠어. 그건 작년부터 계속 쓴 거야."

강유림이 다시 화면을 넘겨보았다. 딱히 할 말이 없는 듯한 표정이었다. 하긴. 쓰다가 만 이야기를 보고 무슨 평가를 하겠어. 완성된 각본만 보여줄걸 그랬나.

"뭐라고 해야 하지."

"……."

"딱 보고 났을 때는 그냥 애매한데, 집에 가서 계속 생각나는 영화 있잖아. 그런 느낌?"

재밌네, 좋다, 혹은 별론데. 강유림이라면 그렇게 단순하고 평범한 감상을 내어놓을 것 같지 않긴 했다. 방점은 '애매한데'가 아닌 '계속 생각나는'에 찍어야 맞는 거겠지. 아주아주 만약에 영화를 만드는 사람이 된다면 내가 만들고 싶은 이야기도 그런 것이었다. 순간 재미를 주고 휘발되는 무엇이 아닌 문득문득 떠올라 자꾸 곱씹게 되는 이야기.

"읽어줘서 고마워."

"그래."

"근데 이거 비밀이야. 아무한테도 안 보여줬거든."

"별게 다 비밀이네. 알겠어."

강유림이 피식 웃었다. 저렇게 웃을 때마다 의미가 궁금했는데 보다 보니 알 것 같았다. 꼭 자기보다 어린아이를 대하는 표정 같다고 해야 할까. 재롱을 피우는 동생을 보는 듯한 표정.

강유림이 학원에 가야 하는 시간에 맞춰 헤어졌다. 버스를 타고 오면서 폰을 열어보니, 찻집 언니에게서 문자가 와 있었다.

> 여기 와서 네 친구 좀 데려가

　버스에서 내리자마자 찻집으로 향했다. 언니와 할머니는 외출 준비를 하는지 분주해 보였다. 전솔은 혼자 탁자 위에 엎드려 있었다.
　"할머니랑 꽃시장 갔다 올 거거든? 두 시간 정도. 그때까지 여기 있을 수 있지?"
　"저희만 두고요?"
　"응. 그 전에 갈 거면 대문만 잘 닫아두고 가."
　언니와 할머니는 정말 그대로 나가버렸다. 우리에게 찻집을 맡겨두고 자리를 비우다니. 혹시 타임캡슐을 찾을 절호의 기회? 하지만 전솔은 그럴 힘이 없어 보였다.
　"시루는 같이 안 왔어?"
　"엄마랑 집에 있어. 넌 어디 있다 왔어? 지금 집에서 온 거 아니지?"
　"영화 봤어. 강유림이랑."
　"우리 반? 키 큰 갈색 머리?"
　나는 고개를 끄덕였다. 강유림을 고작 그렇게 설명하다니, 둘 사이의 거리감이 느껴졌다. 그러고 보니 교실에서 두 사람이 대화하는 모습을 본 적이 없었다.

"무슨 일 있어?"

내가 물었다.

"한숨도 못 잤어."

"왜?"

전솔은 대답 대신 휴대폰으로 찍은 사진들을 보여줬다. 산책길에도 몇 번 지나친, 근처 상가 화단에 있는 길고양이 급식소였다. 고양이들이 밥을 다 먹고 가도 늘 다시 사료가 가득 담겨 있던 그릇들이 마구 내팽개쳐져 있었다. 누가 일부러 밟았는지 발자국이 찍혀 있고 지저분했다.

"언니랑 같이 증거 사진 찍고 상가 아저씨한테도 얘기해 뒀어. 아저씨가 범인 찾을 거래. 근데 아마 못 찾을걸. 작정하고 간 사람이 근처에 CCTV 같은 건 다 파악해 놨을 거고."

"여기 발자국 찍혀 있잖아. 이게 증거가 될 수도 있지!"

"그런 것까지 다 조사해 줄까? 난 아닌 것 같은데."

잠을 못 자서 그런지 전솔은 평소보다 날카로워 보였다. 탁자 위 찻잔을 살짝 만져보니 차갑게 식어 있었다.

이야기를 들어보니 누군가 급식소를 망가뜨린 게 전부가 아니었다. 이 급식소에 자주 들락거리는 고양이들이 있는데 어제는 걔들도 갑자기 보이지 않아 전솔과 언니가 근처를 돌아다니며 한참 찾았다고 했다. 결국 못 찾고 집에 돌아가서도 잠을 설쳤는데, 오늘 새벽 급식소에 고양이들이 등장해서 상가 주인인 세탁소 아저씨가 보살피는 중이라고 했다. 짧은 이야기였지만 그 말을 하는 동안에도 전솔의 목소리가 쉬어 갔다.

"찾았으니 다행이다."

진심에서 우러나온 말이었지만 어딘가 부족한 느낌이었다. '다행'이라는 듣기 좋은 단어에 많은 것들이 가려지는 것만 같았다. 누군가의 악의, 솔과 언니를 포함한 이웃들이 애를 태우고 걱정하던 마음 같은 것들.

"언니가 자기 팔로워 꽤 된다고, SNS에 고양이 찾는 글 올려보겠다는 거야. 근데 내가 그러지 말라고 했어."

"왜?"

"그러다 이상한 사람이라도 볼까 봐."

"……"

"그냥 길고양이도 괴롭히는 인간들이 있는데 누가 소중하게 여기는 고양이라고 해봐. 괜히 표적이 될 수도 있잖아."

당연한 사실을 말하듯 무심한 목소리였다. 전솔의 말에 반박할 수가 없었다. 세상에는 그런 일이 일어나기도 하니까. 길고양이들이 안전하게 밥을 먹을 수 있도록 집을 만들어놓는 사람들이 존재하는 반면 아무 잘못도 없는 거리의 동물들을 표적으로 삼고 입에도 담기 싫은 범죄를 저지르는 사람들도 있다. 이 지구의 모든 인간이 다 같이 선하다면 서로 피해를 줄 일도 없고 모두가 살기 좋은 세상이 될 텐데. 왜 이 세상은 그렇게 만들어지지 않았을까. 지구는 정말 둥근 게 맞을까? 가끔은 이 세계가 그렇게 단정하고 고요하게 돌아가고 있다고 믿기가 힘들었다.

"더 싫은 건, 내가 이런 생각을 하고 있다는 거야."

"아냐. 나도 네 말이 무슨 뜻인지 알겠어. 세상에는…… 그런 사람들도 있잖아."

전솔이 몸을 일으켜 창밖을 바라보았다. 저 싸늘한 옆얼굴이 수련회에서 '싫은 인간이 너무 많다'고 말하던 모습과 겹쳐 보였다.

"내가 이렇게 꼬인 애라는 걸 알면 다들 날 멀리하겠지."

전솔이 자조하듯 말했다. 누군가는 이 세상의 아름답고 밝은 쪽을 먼저 보려고 하겠지만 어둡고 거칠고 메마른 쪽에만 자꾸 눈길이 가는 사람들도 존재하는 거겠지. 하지만 그게 그 사람들의 잘못일까?

"다음엔 나도 꼭 불러줘."

내가 할 수 있는 말이 고작 그뿐이었다. 전솔은 멍한 얼굴로 아무 대답이 없었다. 몸만 여기에 남겨두고 어딘가로 잠간 가버린 사람 같았다. 지금도 우리의 시간이 어긋나있는 걸까? 나는 전술이 여기로 돌아올 때까지 가만히 기다렸다.

다음 수업은 체육이었다. 탈의실에서 돌아오다가 문 앞을 기웃대는 규리를 발견했다.
"김이경! 국사 필기 노트 있지?"
"응."
역시 용건이 있어서 찾아왔구나. 규리의 다음 말은 뻔히 예상할 수 있었다.
"나 좀 보여주라."
국사 선생님은 말이 너무 빠르다. 그래서 수업 내용을 다 받아 적으려면 잠깐이라도 집중을 놓치면 안 되고, 손목이 아프도록 필기를 해야 한다. 그렇게 급하게 받아 적다 보니 글자가 개발새발 엉망이라 나는 그걸 매번 다시 깔끔하게 옮겨 썼다.
"나 지금 체육 하러 가야 해서. 이따 줄게."
"다음 시간 자습이라 그때 베끼려고 했단 말이야."
규리 목소리에서 짜증이 묻어났다. 부탁하는 쪽은 규리인데 내가 민폐를 끼친 느낌이 들었다.
그때 규리 뒤에서 이쪽을 지켜보고 있는 강유림이 눈에 들어왔다. 아까부터 시선이 느껴지긴 했는데 규리와 말하느라 그게 강유림인 줄 알아채지 못했다. 강유림은 내가 자기를 발견했는데도 개의치 않고 나를 계속 지켜봤다. 어떻게 하는지 두고 보겠다는 듯이.

"……완전히 똑같이 베낄 건 아니지?"

"당연하지. 내가 바보야?"

규리가 어이없다는 듯 말했다. 왜 저렇게 말하지? 내가 뭘 잘못했나? 너무나도 익숙한 기분이었다. 규리와 있다 보면 자주 느끼게 되는 기분. 이걸 알아챈 순간, 가슴속에 무언가 울컥 솟았다.

"이거 나중에 수행평가 점수에도 반영되는 거잖아. 베낀 거 들켜서 나까지 불이익당하면 어떡해."

"그런 건 내가 요령껏 알아서 한다고. 왜? 보여주기 싫어?"

"응. 미안."

규리는 조금 얼빠진 얼굴이 됐다. 그 표정을 보는데 불쑥 말이 나왔다.

"그리고 나도 우리 반 친구랑 밥 먹을게."

허, 하고 규리의 입이 벌어졌다.

"누구랑? 내가 아는 애야?"

"너 우리 반 애들 누구 아는데?"

규리는 나와 우리 반에 그만한 관심이 없었다. 그제야 내내 물러나 있던 강유림이 다가왔다.

"종 치겠어. 얼른 나가자."

"응."

난 체육 하러 갈게. 작게 말하고는 규리를 지나쳤다. 규리는 기분이 상했다기보단 놀란 듯 보였다. 싫은 소리도 하다 보면 익숙해질 수 있는 건가? 수련회에서 빈 의자를 앞에 두고 네가 싫다고 말했을 때만큼 울컥하진 않았다. 그렇지만 마냥 후련하고 통쾌한 기분도 아니었다. 분명 뭔가를 잃어버렸는데 뭘 잃어버렸는지도 모르는, 아주 찜찜한 기분이라고 해야 하려나.

함께 계단을 내려오던 강유림이 소리를 내어 웃었다.

"왜 웃어?"

"그냥. 웃기잖아."

뭐가 그렇게 우스운지는 잘 모르겠지만 나도 그냥 웃어 보였다. 불현듯 고모가 했던 말이 생각났다. 지금 강유림은 어떤 기분일까. 그 애의 머리 위에 무엇을 띄울 수 있을까. 이상하게도 떠오르는 것이 없었다.

## 절교할 결심

규리와 급식을 따로 먹은 지 며칠이 지났다. 필기를 보여 달라는 부탁을 거절한 후로 규리는 나를 한 번도 찾아오지 않았다. 하지만 원래도 나를 찾아오거나 연락하는 횟수가 뜸해지던 참이었다. 임규리는 김이경에게 화가 난 것이 맞을까, 아닐까. 내내 고민했는데 헷갈리지 않게 됐다. 규리 인스타에 새 글이 올라왔다.

**손절할 결심**

메모 앱에서 쓴 문구를 캡처해 올린 사진이었다. 검은 바탕에 고딕으로 쓰인 다섯 글자가 비장하게 보였다. 하필 영화 제목을 인용한 건 나를 향한 저격 글이라는 뜻일까? 잠들기 전 우연히 그 게시물을 보고선 온몸의 피가 차갑게 식는다는 느낌이 뭔지 알 수 있었다.

그런데 겨우 영화 제목이라는 이유로 나랑 연관 지을 필요가 있나? 내가 괜히 뜨끔한 것일 뿐 규리는 나를 겨냥한 게 아닐 수도 있다. 하지만…… 최근에 규리랑 사이가 틀어진 게 나 말고 또 있을까?

갈피를 못 잡고 헷갈리는 내 머릿속을 들여다보기라도 한 듯 강유림에게서 메시지가 왔다.

> 이거 네 친구 맞지?
> 학교 애들 인스타 구경하다가 우연히 봄

규리의 인스타를 캡처한 사진이 뒤이어 올라왔다. 규리의 계정을 직접 아는 사이도 아닌 강유림도 보았다는 사실은 놀랍지 않았다. 이 글을 얼마나 많은 우리 학교 아이들이 또 봤을까. 규리네 반 친구들도 이게 내 이야기라는 걸 알고 있을까, 그런 생각에 얼굴이 화끈거렸다. 강유림은 친구에게 이런 저격을 당해도 가만히 있는 내가 미련하고 답답하다고 생각하고 있으려나.

> 전부터 너 만만하게 본다 싶더니
>
> 유치하기 짝이 없네

 역시 다른 아이들 눈에도 다 보였구나. 임규리가 김이경을 만만하게 대한다는 것. 김이경은 친한 친구에게도 무시를 당하는 것. '그러게ㅋㅋ' 짧은 답장을 보내고 폰 화면을 껐다.

 자리에 누웠지만 잠들지 못하고 한참을 뒤척였다. 그동안 규리와 함께 다니면서 그 애가 미숙하고 이기적이라고 느껴졌던 사소한 모습들이 자꾸만 생각났다. 내 친구니까, 단점이 없는 사람은 없으니까, 규리는 다 같이 있을 때 분위기를 띄우는 좋은 면도 있으니까. 그 당시엔 그렇게 합리화하고 넘어간 일들이 마음속 어디에 숨어 있었는지 불쑥불쑥 떠올랐다. 마치 규리를 마음껏 탓하고 미워해도 되는 순간이 오기만을 기다리고 있던 것처럼.

 마음이 심란할 때는 수업보다 쉬는 시간이 더 견디기 힘들어진다. 급식을 먹고 남은 쉬는 시간. 당번이라 분리배출함을 들고 교실을 나서는 전솔이 보였다. 시끄러운 교실에 있기 싫어 전솔을 뒤따랐다.

규리네 교실을 지나면서는 일부러 고개를 숙였다. 규리의 인스타를 본 후로는 다행히 규리와 한 번도 마주치지 않았다. 하지만 당장 규리를 보게 된다면 어떤 표정을 지어야 할지 도저히 알 수 없었다. 절교 선언을 당했다고 해서 곧장 모른 체하는 것도 이상하고 그렇다고 아무 일도 없었다는 듯 대했다가는 넌 참 눈치도 없다는 지긋지긋한 말을 또 듣게 될 것만 같았다.

복도를 걷는 동안 전솔은 아는 친구들과 자꾸 마주쳤다. 다른 반 아이들과도 웃으며 인사하길래 어떻게 아는 사이인지 묻자 전솔은 우리 반 누구에게서 소개를 받았다고 했다. 옆 반 반장은 다짜고짜 전솔에게 젤리를 나눠 줘서 나까지 덩달아 얻어먹었다.

중고 거래 상대가 호의로 준 과자를 거절했다는 전솔. 싫은 사람이 너무 많다던 전솔. 전솔은 인간을 정말 싫어하는 게 맞을까? 아니면 그 '싫은 사람' 안에 학교 친구들은 포함되지 않는 걸까? 궁금해졌다.

"솔이 너도 친구랑 싸울 때가 있어?"

"아니."

전솔은 고민도 없이 답했다.

"좋겠다. 비결이 뭐야?"

묻긴 했지만 이미 답을 알 것 같았다. 초등학생 때부터 한결같이 인기가 많은 것도, 괜한 갈등에 휩싸이지 않는 것도 다 전솔이 좋은 아이라서 그런 거겠지.

이런 내 속마음을 틀렸다고 지적이라도 하듯 전솔이 무심히 말했다.

"잘 지내려고 애쓰지 마. 대충, 적당히만 지내. 그럼 실망할 일도, 싸울 일도 없어."

의외의 대답이었다. 하지만 모두에게 미움받지 않으려고 애쓸 필요가 없는 것도 전솔 같은 아이들만 가질 수 있는 여유 아닐까?

"임규리인가 걔랑 싸운 거 맞지? 원래 너랑 급식 먹는 애."

귀신 같으니라고. 나는 입을 꾹 다물었다.

"화해하고 싶어?"

"몰라. 모르겠어."

모르겠다는 말은 진심이었다. 규리와 풀지 않고 이렇게 영영 멀어진다면 어떨까. 화해 반대편엔 무엇이 있을까. 도대체 무엇이 있길래, 왜 사람들은 미워하던 상대를 기꺼이 용서하고 화해라는 걸 반복하는 거지?

"근데 신기하다."

가만히 나를 보던 전솔이 말했다.

"뭐가?"

"화해할 마음이 드는 게 신기해. 난 한번 실망하고 나면 그걸로 끝이던데. 두 번 다시 보기 싫던데."

"싸운 적 없다며?"

"학교 친구들이랑은 그렇다는 뜻이지."

나는 본관을 올려다보았다. 다시 여기로 들어갈 생각을 하니 숨이 턱 막혔다. 원래도 학교를 좋아하진 않았지만 이 네모난 4층짜리 공간 안에 나와 다투고 멀어진 사람이 존재한다는 것은 차원이 다른 불편함이었다.

누군가를 증오하는 데도 일정한 근력이 필요한 모양이었다. 더 많이 미워하고 싸우다 보면 좀 익숙해지려나. 누가 들으면 착한 척이라고 비아냥거릴지 모르겠지만 이런 상황은 익숙하지 않은 일이라 온종일 신경이 곤두섰다.

미워하는 사람을 생각한다는 건 이렇게나 괴로운 일인데, 전솔은 이걸 참고 있는 걸까? 전솔과 내가 하루 중에 사람을 가장 많이 상대해야 하는 곳이 학교였다. 그런데도 전솔은 학교에서 더 크게 웃고 떠들었다. 마치 보란 듯이. 어떻게 그럴 수 있을까?

약속 장소에 도착하니 은수가 손을 크게 흔들었다. 고등학교에 입학하고 처음 만나는 은수는 전보다 머리가 많이 길어 있었다.

"김이경! 너 키 컸어?"

"아니. 그대로인데?"

"좀 달라진 것 같은데?"

"아닌데?"

"맞는데?"

우리는 계속 말꼬리를 잡으며 킥킥거렸다. 은수와 싱거운 말장난으로 웃고 있으니 중학생으로 돌아간 듯했다.

서점과 팬시점을 구경하고서 은수가 SNS에서 찾아 왔다는 디저트 카페에 왔다. 여기 예쁘다, 생각보다 사람이 많네, 케이크 맛있다. 그런 가벼운 말만 늘어놓던 은수의 표정이 점차 어두워졌다. 며칠 전 은수가 둘이서만 만나자고 했을 때부터 긴히 할 이야기가 있을 줄은 알고 있었다.

"너랑 임규리 다른 반이랬지. 요즘 잘 지내?"

우리 셋은 중학생 때 다 같은 무리였으니까. 둘이서 대화를 하다가 규리 이름이 나오는 것이 당연한데, 잘못이라도 한 사람처럼 뜨끔했다.

"걔는 새 친구 사귀느라 정신없지? 안 봐도 뻔해."

내가 별 대답이 없자 은수가 덧붙였다. 안 친한 아이에게 흥미를 느끼고 먼저 다가갔다가 웬만큼 가까워졌다 싶으면 금세 싫증 내는 것. 그게 규리의 특징 중 하나였다.

"이경이 너도 봤지? 임규리 인스타."

은수가 폰 화면을 내밀었다. 이미 열 번도 넘게 본 사진이었다. 규리와 있었던 일을 어디부터 설명해야 하나, 머릿속이 복잡해졌다.

"이거 나 보라고 올린 거잖아."

은수가 씁쓸하게 웃으며 말했다.

"뭐?"

"지난주에 좀 싸웠거든."

"나는 나 때문에 올린 건 줄 알았는데."

아마 나 맞을걸, 나는 조금 침울하게 덧붙였다. 은수는 무슨 뚱딴지같은 소리냐는 표정으로 나를 보았다.

"이경이 너 인스타 거의 안 하잖아. 걔는 자기가 이런 거 올렸는데 상대방은 모르고 있다고 생각하면 답답해서 못 참을걸? 차라리 직접 말하고 말지."

그런가? 내 계정은 활동을 거의 하지 않는 눈팅용 계정이었다. 그마저도 학교 친구들보다는 영화감독이나 배우들의 계정을 구경하는 시간이 훨씬 많았다. 그러고 보니 규리는 종종 자기 인스타 이야기를 할 때 나에게 직접 가서 보라고 하지 않고 캡처한 사진을 보내줬다. 내 폰에도 SNS 앱이 있다는 사실을 잊어버린 것처럼.

"임규리는 너한테 악감정 없어. 옛날부터 그랬어. 그건 내가 보장해."

은수가 확신했다. 지금 나는 규리를 가슴이 답답해질 정도로 미워하고 있는데 규리는 나를 미워한 적 없다니. 뭐라 말로 표현하기 어려운 기분이 들었다.

은수의 한탄이 이어졌다. 작년에 있었던 '김제욱 무대인사 사건'을 비롯해 규리는 좋아하는 것도 많고 취미 생활도 많은 은수에게 왜 자꾸 쓸데없는 일에 시간을 쓰냐며 빈정거려서 은수의 신경을 긁은 일이 나 모르게도 많았다.

"걔는 뭘 좋아하는 데 너무 인색해."

조금 전까지 불만을 털어놓던 것과는 달리 은수의 말에서 안타까움이 묻어났다.

"좋아하는 마음만으로 충분한 거 아냐? 왜 꼭 뭔가를 하면 얻는 게 있어야 한다고 생각하는지 모르겠어. 그리고 걘 좋아하는 기준도 너무 까다로워. 세상에 완전무결한 인간이 어디 있겠어. 단점보다 장점이 더 크고 많으면 충분히 좋아할 수 있잖아. 응원해 줄 수 있잖아."

은수의 목소리가 점차 커졌다.

"하여튼 임규리. 은근히 눈치도 없어. 우리가 참아주는 것도 모르고 자기 하고 싶은 말 다 내뱉고. 난 가끔 걔 보면 지지리 말 안 듣는 떼쟁이 동생 같아."

듣다 보니 알 수 있었다. 은수는 규리와 손절, 그러니까 절교하고 싶은 마음이 없다. 그리고 그건 아마 규리도 비슷할 거다. 은수의 말마따나 눈치 없는 임규리가 인정한 눈치 없는 인간이 바로 나지만 그 정도 사실은 알 수 있었다.

우리 대화는 규리 이야기에서 학교 수행평가, 요즘 보는 드라마, 그리고 김제욱의 다음 작품 소식으로 이어졌다. 시험이 끝나면 또 만나서 놀기로 하고 헤어졌다.

집으로 돌아오는 버스 안. 은수와 나누었던 대화가 맴돌았다. 은수를 캐릭터로 만든다면 그 머리 위에는 하트나 무지개가 둥둥 떠 있을 것 같았다. 내가 아는 사람 중에 무언가를 좋아하는 일에 가장 진심을 쏟는 게 은수일 테니까. 나는 왜 은수와 멀어질 일만 남았다고 생각했던 걸까?

우리 동네에 내려서 찻집으로 향했다. 오늘도 대문이 닫혀 있었다. 내가 벨을 누르자 찻집 언니가 낮잠을 자고 있었는지 부스스한 모습으로 걸어 나왔다.

"솔이 안 왔어요?"

"응. 왜? 여기서 만나기로 했어?"

나는 고개를 저었다. 내가 찻집에 놀러 온 건지 솥을 찾으러 온 건지 나도 헷갈렸다. 오랜만에 은수를 만나고 나니 마음이 들떠서 집에 바로 들어가기 아쉬웠다. 그렇게 나도 모르게 찻집으로 발걸음이 향했을 뿐이었다.

"할머니는요?"

"친구 만나러 나가셨어."

언니와 나는 안으로 들어가지 않고 마당 의자에 앉았다. 저녁 공기에서 여름이 다가오고 있다는 것이 느껴졌다.

"고양이 급식소 망가뜨린 사람은 찾았어요?"

"응."

"누구예요? 여기 근처 사는 사람이에요?"

"글쎄. 나도 자세히는 못 들어서."

언니가 슬그머니 시선을 피했다. 엄마가 알고 있는 걸 모른 척 둘러댈 때 짓는 표정과 비슷했다. 범인은 이 근처에 살던 사람이구나.

"차 블랙박스에 찍혔대. 놀랍지 않아? 그런 건 드라마에나 나오는 일인 줄 알았거든. 역시 죄짓고 살면 안 돼. 결국엔 다 들킨다고."

"그 사람도 벌 받아요?"

"당연한 거 아니니? 급식소 자리는 세탁소 아저씨 사유지고, 급식소도 아저씨가 사비로 설치한 거였어. 남의 재산을 훼손했으니까 책임을 져야지."

아까 버스를 타고 돌아오면서 나는 며칠 동안 나를 괴롭히던 미움이라는 마음이 조금 희미해졌다고 느꼈다. 지금 당장 규리와 마주친다면 얼마든지 웃으면서 인사할 수 있을 것만 같았다. 하지만 이렇게 또 누군가의 악의를 생각하고 있으니 뜨겁고 답답한 것이 목까지 차오르는 듯했다. 이유를 찾을 수 없고 이해도 할 수 없는 누군가의 악의. 그런 마음은 도대체 어디서, 어떻게 만들어지는 것일까.

"세상에는 이상한 사람이 너무 많은 것 같아요."

"할머니가 들으면 한 소리 하겠다. 쪼끄만 게 얼마나 살았다고 그런 얘기를 하니, 그럴걸?"

"아니에요. 우리 할머니도 나한테 맨날 그래요. 차 조심, 사람 조심하라고. 사람이 제일 무섭다고."

"이상한 인간도 많지만 그럭저럭 괜찮은 인간이 더 많아."

언니가 담담히 말했다.

"적어도 내가 겪어온 바로는 그래. 나도 오래 산 건 아니지만 말야."

"……"

"그러니까 오래오래 살아야지. 끝까지 살아남아서 봐야지.

이 세상이 어떻게 생겨먹었는지. 과연 상식과 선의가 통하는 세상인지 아닌지."

언니는 나를 큰길까지 데려다줬다. 그리고 지난번, 수련회에 가본 적 없다고 한 이유를 들려줬다. 언니가 학생이던 때, 언니와 나이가 비슷한 아이들이 수학여행을 떠났다가 돌아오지 못했다고. 그때 나는 정확히 무슨 일이 일어났는지 알지 못했지만 조금 더 자라서 알게 된 이야기였다. 언니는 졸업 여행을 가지 못한 채 고등학교를 졸업했다고 했다. 모든 어른이 아이들을 보호해 주는 것은 아니라는 사실을 체감하며 어른이 되어버렸다고.

나에게 상처를 주고 실망시킨 무언가와 계속 부대끼며 살아보려는 것 자체가 일종의 화해 아닐까. 나는 여태 상대방을 믿을 수 있어야만 화해를 할 수 있는 거라고 생각했다. 하지만 어떤 화해는 상대를 기꺼이 다시 믿어보기 위해서, 다시 한번 기회를 주기 위해서 하는 것인지도 모른다. 언니의 이야기를 들으며 든 생각이었다.

건널목 신호를 기다리는데 언니가 물었다.

"근데 정말 화단에 타임캡슐을 묻었대?"

"네. 진짜 묻었어요."

나는 고개까지 끄덕이며 답했다. 수련회를 두고 솔과 약속

하기도 했지만 타임캡슐 이야기를 하던 전솔은 어느 때보다 진지해 보였다. 심지어 타임캡슐이 실은 타임머신이라는 이야기도. 나도 그걸 말도 안 되는 헛소리라고 가볍게 말하고 싶지 않았다.

"솔이한테 슬쩍 말해. 곧 장마잖아. 그때를 노려보자고."

"장마요?"

"비가 오래 와서 땅이 물러지면 흙 파기 좋잖아."

언니가 장난스럽게 웃었다. 근데 왜 저희를 도와주려고 해요? 물어보려다 말았다. 이유를 조금 알 것 같아서였다.

어디서 비에 젖은 흙냄새가 희미하게 풍겨오는 듯했다. 정말 장마가 다가오는 모양이었다.

# 오늘의 기분은 〔  〕

 방에 틀어박혀 좋아하는 영화를 연속으로 보았다. 보고 나면 인류애와 용기가 샘솟는 그런 영화들. 엄마는 그러다 눈 나빠진다고, 차라리 거실에 나와서 보라며 잔소리를 하면서도 영화를 보면서 먹으라며 떡강정을 만들어줬다.

 그렇게 충전을 하고 다시 월요일. 종례가 끝나고 규리네 교실로 찾아갔다. 규리에게 수업이 끝나면 만나자는 메시지를 보내고 답장도 받았지만 우리 반 종례가 늦어지자 혹시라도 규리가 가버렸을까 봐 마음을 졸였다.

 다행히 규리는 나를 기다리고 있었다. 너희 담임 말이야. 가뜩이나 재미없는 과목인데 말도 느려서 수업 시간에 너무 졸려. 말하는 속도만 좀 빨라져도 종례가 5분은 일찍 끝날

걸? 규리는 교정을 내려오는 내내 투덜거렸다. 우리가 오랜만에 만나서 대화한다는 사실은 잊어버린 것만 같았다.

"나 오늘 학원 안 간다."

규리가 선언하듯 말했다.

"그렇게 길게 얘기할 건 아닌데."

"누가 김이경 너 때문이래? 그냥 내가 가기 싫은 거라고."

저 짜증 섞인 목소리를 들으니 실감이 됐다. 내가 다시 임규리를 상대하고 있구나.

우리는 근처 샌드위치 가게로 갔다. 규리가 새로 나온 머시룸 샌드위치를 먹어보고 싶다고 해서였다. 이 시간에 먹는 샌드위치는 저녁일까, 간식일까. 쓸데없는 의문이 떠올랐지만 규리가 또 핀잔할까 봐 그 말은 꺼내지 않았다.

"나 주말에 은수 만났어."

내 말에 규리의 표정이 뚱해졌다.

"나랑 싸운 거 들었지?"

"응."

규리는 하고 싶은 말을 참는 듯 입을 꾹 다물었다. 내가 또 눈치 없이 구는 건가? 하지만 이미 은수 이름을 꺼내버렸다. 나는 타이밍을 조금 살피다 물었다.

"인스타 글, 정말 은수 보라고 올린 거야?"

"뭐? 아닌데?"

나는 작게 심호흡을 하고 다시 물었다.

"그럼 혹시 나 보라고?"

"뭐래. 김이경 너 인스타 별로 하지도 않잖아."

"······."

"너도 인스타에 재밌는 거 좀 올려라. 네가 올리는 영화 얘기 난 하나도 모르겠어."

규리가 또 툴툴댔다. 떼쟁이 동생. 은수가 규리를 두고 했던 표현이 떠올랐다.

그나저나 규리가 내 SNS를 보고 있었다니. 내 인스타는 가끔 마음에 드는 영화를 보고 나면 영화 스틸컷과 함께 한두 줄 정도의 감상을 써서 올리는 게 전부였다. 그마저도 나와 팔로우를 한 친구들만 볼 수 있도록 올린 거라 남들에게 보여주기보다는 기록용으로 쓰는 것에 가까웠다.

"나도 내가 왜 그걸 올렸는지 모르겠지만 굳이 따지자면 나한테 하는 말이었어."

규리가 시선을 내리깔고 말했다. 규리의 귀 끝이 조금 붉어져 있었다.

"그런 날 있잖아. 세상만사 다 짜증 나지만 그중에서 내가 제일 짜증 나는 날."

"……."

"은수랑도 싸우고 너랑도 좀 뜸해지니까 그냥 다 내가 문제 같아서 짜증 났어. 넌 그럴 때 없어? 외모도 그렇고 성격도 그렇고 다 마음에 안 들고 뜯어고치고 싶을 때 있잖아. 다 없던 걸로 하고 새로 태어나고 싶을 때."

"그건 안 돼."

다 없던 걸로 하다니, 무시무시한 말에 덜컥 겁이 나서 대답했다.

"아니, 말이 그렇다고!"

"……."

"미안. 나는 왜 별것도 아닌데 짜증이 나는 거야? 나도 좀 무던하면 좋을 텐데. 그러려니 넘기는 성격이면 좋을 텐데."

내 기분인데 왜 내 마음대로 안 되는 거야? 규리가 덧붙인 말에서 답답함이 묻어났다. 규리는 자기 성격이 싫다고 말했다. 그 말이 꼭 자기가 싫다는 말로 들려서 듣는 내 마음이 좋지 않았다.

"진짜 웃긴 게 뭔 줄 알아? 어떤 때는 내 기분이 뭔지도 모르겠어. 그냥 막 짜증만 나. 이유도 모르는데 짜증 나고 기분이 더러워. 지나가는 사람한테 시비 걸고 싶어."

그럼 안 돼, 라는 말이 또 나올 뻔해서 참았다.

"그럼 짜증이 아닐 수도 있어."

중학교에 막 입학했을 때였나. 내가 신경질이 많아지고 '싫어'라는 말을 밥 먹듯이 하자 고모가 나에게 한 이야기였다. 화, 짜증, 그런 말로 뭉뚱그리기 전에 내 마음을 잘 들여다보라고. 다른 사람의 기분을 헤아리는 것만큼 내 기분을 있는 그대로 느끼고 잘 아는 것도 중요하다고.

"말로 표현하는 게 어려우면 그림은 어때?"

무슨 그림? 규리의 눈이 커졌다.

"폰에 있는 이모지 있잖아. 그때그때 내 기분에 어울리는 걸 톡 상태 메시지에 올려놓는 거야."

"상메 계속 바꾸는 거 관종 같지 않아?"

"뭐 어때. 난 궁금해서 계속 볼 거야."

"······."

규리가 가만히 나를 보았다. 규리에게서 처음 보는 표정 같았다.

"은수랑도 잘 얘기해 봐."

"내가 알아서 할 거거든?"

"······."

"또 욱했네. 미안."

규리가 얼음 가득한 콜라를 벌컥 들이켰다. 속이 타는 모양이었다.

　규리는 정말 학원 수업을 땡땡이쳤다. 거리가 조금 어둑해질 때까지 규리와 있다 헤어졌다. 씻고 나와 휴대폰을 열었다. 규리에게서 메시지가 도착했다.

> 아까 말하려다 까먹었다
> 앞으로는 필기 보여달라고 안 할게
> 쏘리
> 오늘 너한테 미안하다는 말 대박 많이 하는 중

　바뀐 규리의 상태 메시지가 눈에 들어왔다. 새빨간 사과 이모지였다. 보자마자 웃음이 새어 나왔다. 규리가 귀엽다고 생각하니 그 애가 이제 밉지 않았다.

　오랜만에 새로운 시나리오를 썼다. 머리부터 발끝까지, 자신의 모든 것이 불만족스러운 주인공이 나오는 이야기였다. 내 눈에 띄는 아무에게나 시비를 걸자는 생각으로 집 밖을 나갔는데, 만나는 이웃마다 주인공에게 웃으며 한마디씩 한다. 안녕하세요, 날씨가 참 좋죠? 오늘 헤어스타일이 멋지네요. 그 초록색 니트, 무척 잘 어울려요. 당신 걸음이 되게 멋지네요. 내가 본 사람 중에서 이렇게 적당한 리듬과 보폭으로 걷는 사람은 처음이에요!

발걸음이 멋지다니, 세상에 이런 칭찬을 들어본 사람도 있으려나? 이웃들의 대사를 쓰면서 자꾸 웃음이 났다.

시나리오를 완성하고 나니 반응이 궁금했다. 급식을 먹고 나서 유림의 자리로 찾아갔다.

"별로면 솔직하게 말해줘도 돼."

유림이 내 태블릿을 받아들었다. 슥슥, 무표정하게 화면 스크롤을 내리던 유림이 물었다.

"넌 이거 쓰면서 즐거웠지?"

무슨 뜻이지? 그만큼 스토리가 유쾌하다는 뜻인가? 나는 고개를 끄덕였다.

"그래. 그랬을 것 같아."

유림이 웃었다. 아니, 웃는 게 맞나? 웃음을 참는 표정인가? 문득 헷갈렸다.

"아……. 네가 보기엔 어때?"

"괜찮네. 메시지도 명확하고."

좋다는 뜻이었구나. 다행이었다.

"찾아보니까 청소년 대상 공모가 있더라고. 거기에 나가볼까 생각 중이야."

"그래? 그런 거 수상하면 나중에 대학 가기 좋겠다."

그런가? 아직 거기까진 생각해 보지 않았었다.

"어떤 거 낼지는 아직 안 정했어."

"좀 더 봐도 돼? 같이 골라줄게."

유림은 파일들을 차례로 열어보았다. 지난번 아이스크림 가게에서 이미 보여준 것들이었다. 그런데도 유림은 내가 쓰다가 만 시나리오와 다섯 줄짜리 줄거리뿐인 시놉시스 파일까지 하나하나 다시 보았다. 유림이 적극적으로 나오다니 벌써 출품이라도 한 것처럼 자신감이 생겼다.

"이건 말이야, 엔딩이 더 강렬한 게 낫지 않아?"

"응? 그런가?"

"얘가 전형적인 빌런이잖아. 이렇게 흐지부지 사라지는 건 아쉽지. 아예 죽여버리는 게 나을 것 같은데."

충분히 납득되는 말이었다. 이왕 악역을 넣기로 했으면 마지막엔 벌을 줘야 하니까.

집으로 와서 유림이 말한 시나리오를 다시 읽어보았다. 지금 내용에서는 주인공을 괴롭히던 악역이 저절로 사라지는 장면으로 끝나지만 이미지를 떠올려 보니 연기처럼 흐리멍덩하고 별 감흥이 없을 것 같았다. 나쁜 짓을 해서 벌을 받았다는 걸 보여주려면 역시 죽음을 맞는 게 나을까. 그렇다면 어떻게 죽일까. 풍선처럼 빵, 하고 터뜨려 죽는 게 나을까. 아니면 온몸이 자꾸 줄어들다가 지나가는 행인에게 밟혀 죽는다고 할까. 이런저런 구상을 하다가 불현듯 섬뜩해졌다. 아무리 가상의 인물이지만 그 사람을 어떻게 죽일까, 고민하고 있다는 것이.

그때 솔에게 메시지가 왔다.

> 주변에 과일 맛있는 곳 어디야?
> 엄마가 물어보래

> 우리 엄마는 사거리 마트 가서 사던데

> 그렇게 전달할게!
> 뭐해?
> 나는 시루 때문에 꼼짝 못 하는 중
> 화장실 가고 싶은데

전솔이 사진을 보냈다. 바닥에 쭉 뻗은 전솔의 다리 위로 시루가 편안하게 턱을 얹고 기대 있었다. 남의 집 사진을 유심히 뜯어보는 건 예의가 아니라고 생각하지만 그래도 시루의 뒤로 커다란 책장이 눈에 들어왔다. 책과 DVD가 빽빽하게 꽂혀 있었다. 전솔도 영화를 좋아하지 않을까?

> 실은 나, 영화 시나리오 쓴다?

ㅋㅋㅋ 그럴 거 같았어

> 왜?

좋아하면 쓰게 돼 있으니까

네가 책을 좋아했다면 소설 쓴다고 생각했을 거임

> 오… 읽어줄 수 있어?

ㅇㅇ 당장 보내줘

    나는 파일을 전송했다. 이 정도 비밀은 공유할 수 있는 사이라고 생각하기도 했지만 실은 묻고 싶은 게 있어서였다. 시나리오를 쓰고 있다는 사전 설명이 없으면 무척이나 이상해 보일 질문이라 마침 솔에게 내가 쓴 이야기를 보여주고 싶었다.

> 실은 엔딩 수정하고 싶어서 고민 중이었어
>
> 사람을 어떻게 죽여야 가장 충격적일까?

    메시지 옆 1이 몇 분 지나서야 사라졌다. 단편 시나리오라 분량은 길지 않았다. 아무리 천천히 읽어도 두어 번은 읽었을 시간인데 전솔은 아무 반응이 없었다.

휴대폰을 방에 두고 저녁까지 먹고 돌아오니 답장이 왔다.

> 근데 있잖아
>
> 누가 죽는 거 본 적 있어?

내 질문보다 훨씬 이상한 답이었다. 실제로 본 걸 뜻하는 거겠지? 혹시나 해서 기억을 되짚어 봤지만 그런 경험이 있는데 당장 떠오르지 않을 리가 없었다. '아니'라는 두 글자를 보냈다. 이번에는 숫자 1이 바로 사라졌다. 새 메시지를 기다리는 시간이 길게만 느껴졌다.

> 시나리오 재밌다! 넌 역시 글을 잘 쓰는구나
>
> 그리고 네가 물어본 건 생각해 볼게
>
> 지금은 잘 모르겠다

> 응! 읽어줘서 고마워, 솔아

답장은 없었다. 어느 부분이 어떻게 재밌는지 얘기 좀 해 주지. 고맙다는 말에 '응' 하고 한 글자라도 대답해 주면 어디가 덧나. 비밀을 털어놓았는데 기대한 만큼의 반응이 없어서 그런가, 서운한 마음이 불쑥 솟았다.

메시지를 찬찬히 다시 읽어보다 화면을 껐다. 죽은 사람을 본 적 있냐니. 솔은 그런 경험이 있다는 뜻일까? 왜 갑자기 의도를 알 수 없는 질문을 한 걸까.

내가 뭘 실수했나, 하는 찜찜함이 마음 한구석에서 슬며시 고개를 내밀었다. 나는 도대체 언제쯤 친구들 사이에서 이런 고민을 하지 않게 될까. 복잡해지는 생각을 애써 떨쳐내며 아이디어 노트를 펼쳤다.

# 마음의 지옥

⟨당신이 H를 생각할 때⟩

스물아홉 살 주인공 H는 어느 교실에서 잠을 깬다. 이미 어른이 된 H가 지나온 과거 속 어느 교실, 졸업 이후로는 볼 수 없던 기억 속 친구 S를 다시 만난다. S는 H와 함께 있을 때마다 늘 차고 다니는 손목시계의 시간이 멈춰버린다는 사실을 알게 된다. 시간은 정말 한 방향으로만 흐르는 걸까? 모든 사람의 시간이 일정한 속도로 흐르는 게 맞을까? 그 교실에 두고 온 것을 찾을 때까지 H는 자꾸만 그 공간으로 되돌아간다.

꿈, 기억, 시간. 어릴 때 텔레비전에서 봤던 ⟨인셉션⟩이나 고모와 영화관에서 본 〈마담 프루스트의 비밀 정원〉 같은, 엔딩 크레디트가 올라갈 때 가슴이 벅차서 가만히 있을 수 없던 영화들은 다들 비슷한 키워드를 공유하고 있었다. 나도 그 키워드들이 들어간 시나리오를 써보고 싶었다.

꿈을 통해서 과거의 어느 시간대로 돌아가는 꿈 여행자. 시간 속에 갇혀 무언가를 바꾸려 애쓰는 사람들. 다른 이야기에도 이미 등장한 적 있는 인물이겠지만 그래도 언젠가는 나만의 주인공을 만날 수 있기를 아주 오래전부터 기다렸다.

"이번 수행평가 어땠니? 재밌지 않았어?"

교단에 선 선생님이 아이들을 둘러보며 미소 지었다. 에이, 수행평가가 어떻게 재밌어요, 아이들이 투덜거렸다. 이번 국어 수행평가는 선생님이 제시한 소설 목록 중에서 한 권을 골라 읽고 서평을 쓰는 숙제였다. 독후감은 초등학교에서부터 매년 써온 것이지만 이번 과제는 다른 점이 하나 있었다.

"그래? 선생님은 기대 이상이라 놀랐어. 마지막 항목에 공을 들인 친구들이 많던데?"

선생님은 몇 주 전 수행평가를 설명할 때 채점 기준과 서평에 필수로 들어가야 하는 항목을 알려줬다. 책을 선정한 동기, 책과 저자를 조사한 내용 등 서평에 꼭 넣어야 하는 항목들 마지막에 이후의 전개를 상상해 보라는 내용이 있었다.

"소설로 읽고 싶을 정도로 재밌는 아이디어가 많았어. 그중에 인상 깊은 걸 몇 개 소개해 주고 싶은데······."

선생님이 교탁 위 노트들을 뒤적거렸다. 혹시 내 걸 읽어 주는 건 아니겠지. 읽혔으면 좋겠다는 마음이 반, 아니었으면 좋겠다는 마음이 반이었다.

"음. 솔이는 주인공의 아빠가······ 개로 변하는 이야기를 썼네?"

개? 강아지? 아이들이 놀란 눈으로 솔을 돌아보았다.

"거기 나오는 아빠는 가정 폭력범이잖아요. 주인공은 마지막에 아빠를 용서했지만 저는 다 읽고 나서도 주인공 아빠가 원망스러웠거든요. 근데 귀여운 강아지로 변하면 덜 밉지 않을까 해서요."

전솔다운 대답이었다. 선생님도 웃으며 고개를 끄덕거렸다.

"그래. 주인공이 용서했다고 해서 독자도 똑같이 그래야만 하는 건 아니지. 솔이 얘기는 엉뚱하면서 참신해서 재밌었어. 그리고······ 유림이가 쓴 이야기는 화자의 절실한 그리움을 잘 헤아린 것 같아서 좋았어."

내 이름이 불린 것처럼 두근두근했다. 유림은 나와 같은 줄 가장 앞자리라 그 애의 표정이 보이지 않았다. 선생님은 유림이 고른 책 제목과 유림의 서평을 읽어줬다.

"여기 나오는 주인공은 함께 유년 시절을 보낸 친구를 갑작스럽게 잃게 되지. 소설은 혼자 어른이 된 주인공이 고향을 다시 찾는 데서 끝나는데 유림이는 그 주인공이 과거로 돌아가서 친구를 만난다는 이야기를 썼어. 그것도 꿈을 통해서 말이야."

아이들이 유림을 힐끗거렸다. 그 시선이 느껴질 법도 한데 유림의 뒷모습은 아무 동요 없이 꼿꼿하기만 했다.

"주인공이 과거로 돌아갈 땐 시계가 멈춘다는 설정도 재밌었어. 꼭 영화로 본 것처럼 이미지가 잘 그려지는 설정이야."

두고 온 것이 있어서 자꾸만 꿈속에서 어느 시간으로 되돌아가는 주인공. 언젠가 내가 만든 영화 속에서 꼭 보고 싶던 인물이었다. 유림에게도 보여준 시놉시스의 H가 겹쳐지면서 심장이 요동쳤다. 유림은 지금 무슨 표정을 하고 있을까. 남은 수업 내내 유림의 뒷모습을 지켜보았지만 유림은 끝내 돌아보지 않았다.

국어가 오늘의 마지막 교시였다. 수업이 끝나자마자 유림을 복도로 불러냈다.

"중요한 얘기야? 나 학원 시간 빠듯해서."

유림이 조금 성가시단 얼굴로 말했다.

"그, 아까 국어 수행평가 말이야."

이렇게 운만 띄워도 충분히 알아들을 거라 생각했다. 하지만 나를 보는 유림의 얼굴에선 당황스러움이나 난처함, 그런 건 찾아볼 수 없었다. 복도 창문으로 덥고 습한 공기가 들어왔다. 그런데도 온몸에 한기가 들었다. 나는 떨리는 손을 들키지 않으려 주먹을 세게 쥐었다.

"내가 보여줬던 시놉시스 줄거리랑 비슷한 것 같아서."

"뭐?"

유림이 황당하단 표정을 지었다.

"네가 보여준 거 몇 개 되잖아. 그중에 어떤 거?"

"시나리오 말고 줄거리만 써서 보여준 거 있었잖아. 너희 동네에서 영화 봤던 날 처음 보여줬고, 얼마 전에도……."

"아아, 미안. 하도 많아서 제대로 안 읽었어."

"……."

제대로 안 읽었다니. 하고 싶던 말들이 순식간에 사라지는 듯했다.

그러게. 나 같은 아마추어가 쓴 엉성한 이야기를 읽는 건 지루하고 귀찮은 일일 텐데, 나는 왜 유림이 흥미로워한다고 생각한 걸까. 이번에도 내가 눈치 없이 굴었나? 정말 내가 틀렸나?

"난 그냥 타임워프물 생각하면서 쓴 건데. 워낙 흔한 소재잖아. 그래서 겹쳤겠지."

"……."

"그렇게 치면 이경이 네가 썼던 그 줄거리도 이미 있는 영화랑 비슷한 거 아냐?"

"……."

"어쨌든 놀랐겠다. 근데 괜한 오해는 하지 마. 신경 안 써도 돼."

유림이 별일 아니라는 듯 가뿐하게 말했다. 나 먼저 가도 되지? 유림은 그렇게 묻고는 교실로 들어가 버렸다. 복도에 멍하게 서 있는 나를 아이들이 이상하단 눈으로 흘끗거리며 지나쳤다. 이런 건 생전 처음 느껴보는 감정이었다. 도대체 무어라 이름을 붙여야 할지 알 수 없는 기분에 나야말로 시간이 멈춰버린 듯 한참을 서 있었다.

저녁 내내 솔의 연락을 기다렸다. 평소라면 저녁 산책을 나갈 시간인데 아무 연락이 없었다. 결국 내가 먼저 메시지를 보내자 시루와 공원에 있다는 답장이 돌아왔다. 왜 나한테 같이 가자고 안 했지? 의아했지만 그런 고민을 할 시간도 없었다. 나는 얼른 태블릿을 챙겨 공원으로 향했다.

공원에 도착하니 분수대 쪽 벤치에 전솔과 시루가 앉아 있었다.

"뛰어왔어?"

전솔이 놀란 눈으로 물었다. 나는 숨을 몰아쉬었다.

"지금 출발한다고 한 게 8시 9분. 지금이 16분. 대박이다."

전솔이 엄지를 들어 보였다. 평소라면 아무렇지 않았을 장난이 나를 놀리는 것처럼 느껴졌다. 솔이 나한테 그럴 리가 없는데도.

내가 숨을 고르는 동안 전솔은 더 묻지 않고 나를 기다려 줬다. 나는 전솔에게 〈당신이 H를 생각할 때〉 시놉시스를 보여줬다. 몇 줄 되지 않는 짧은 줄거리인데 전솔은 꽤 오래 화면을 보았다.

"여기서도 누가 죽어?"

지금 그게 왜 궁금하지? 뜬금없는 반응에 나도 모르게 정색했다.

"며칠 전에 보여준 거랑은 다른 얘기야."

"나도 알아. 근데……"

전솔이 말을 멈추고 머뭇거렸다. 무언가 참고 있다고 느껴졌다.

"……죽은 사람 구하러 과거로 돌아간다는 얘기는 많잖아.

아까 국어 시간에 선생님이 얘기해 준 거도 그렇고. 강유림 거였나? 그거."

"그 얘기랑 이 줄거리랑 비슷하다고 생각해? 정말?"

내 목소리가 커졌다. 조금 놀란 듯 보던 전솔의 표정이 진지해졌다.

"이거 걔한테도 보여준 적 있어?"

나는 고개를 끄덕였다. 솔의 얼굴이 차갑게 굳었다. 분위기가 이상하다고 느꼈는지 시루가 전솔의 무릎 위로 올라왔다. 솔을 바라보는 시루의 깊고 검은 눈동자가 반짝 빛났다.

누구에게라도 털어놓으면 기분이 나아질 줄 알았는데 전혀 아니었다. 그래서 내가 뭘 할 수 있지? 나는 강유림을 욕하려고 전솔을 찾아온 건가?

"유림이한테 물어봤는데 걔는 내 시놉시스 제대로 안 읽었대. 사실 이런 소재는 흔하잖아. 어쩌다 보니 우연히 겹쳤겠지. 그냥 그렇게 생각할래."

대사라도 외는 것 같은 기분이었다. 분명 내 입에서 나온 말인데 어색하기만 했다.

"그럼 이걸 왜 나한테 보여준 거야?"

솔이 조금 답답하단 얼굴로 물었다.

"내가 괜히 오해하는 건 아닌가 해서. 혼자 계속 고민하는 게 답답하기도 하고."

"내 생각에도 오해는 아닌 것 같은데."

"……."

"물론 흔한 소재고 겹칠 수는 있는데, 네가 이 글을 보여준 게 먼저라며. 그러면 영향을 받았을 수도 있지."

하지만 영향을 받는 것과 의도적으로 베낀 건 분명 다르잖아. 그렇게 답하려고 했지만 선뜻 말이 나오지 않았다.

솔을 만나러 달려오면서 내내 맴돌던 말은 이런 것들이 아니었다. 내가 왜 마음에도 없는 말을 정해진 대사처럼 뱉고 있는 건지 알 수 없었다.

나는 유림을 믿고 싶은 걸까. 아니면 실은 그저 나보다 훨씬 강해 보이는 유림과 맞서 싸울 자신이 없는 걸까.

"유림이랑 다시 얘기해 볼게."

"……."

"들어줘서 고마워."

전솔은 할 말이 남은 듯한 눈이었지만 아무 말도 하지 않았다. 우리는 시루를 데리고 공원을 한 바퀴 크게 돌고 나서 헤어졌다.

유림은 달라진 게 없었다. 집중해서 수업을 듣고, 쉬는 시간에는 아이들 속에 섞여 수다를 떨었다. 교실 안 일상적인 소음 속에서 유림의 웃음소리가 도드라질수록 유림이 아무렇지 않아 보일수록 나는 자꾸 움츠러들었다.

　내가 자기를 의심하는 것을 알았으니 유림도 내가 껄끄러워지지 않았을까. 저 당당한 모습 뒤로 다른 얼굴이 숨겨져 있지 않을까. 나는 단서라도 찾아내려는 사람처럼 자꾸만 유림을 살피고 있었다. 상대방은 자연스럽기만 한데 나만 온 감각을 내세워 상대방을 의식하고 있는 것. 6학년 때 무리에서 쫓겨나고 나서 2학기 내내 느꼈던 감정이었다.

　대놓고 시비를 걸고 욕을 하는 것만이 공격이 아니라는 사실을 그때 처음 알았다. 다른 아이들에게 간식을 나눠 주거나 말을 걸다가 내 차례는 당연하게 건너뛰는 것. 내가 누군가와 대화를 하면서 조금이라도 목소리를 높이면 자기들끼리 하는 이야기인 척 아 진짜 듣기 싫네, 하고 크게 비아냥대던 것. 그렇게 겉으로 드러나지 않는 공격들은 싸움으로 이어지진 않았으나 서서히 나를 갉아먹었다. 그러다 보면 교실 안에서 숨을 쉬는 것도 잘못처럼 느껴졌다.

　오전 일과 동안에는 말 한마디 하지 않고 지낼 수 있어도 함께 밥을 먹어야 하는 급식 시간은 아니었다. 내가 계속 자리를 지키고 있자 유림이 나를 찾아왔다.

"실은 며칠 전부터 말하려고 했거든."

"응."

나는 아무 뜻 없는 표정을 지으려 애쓰며 유림을 바라보았다. 전에는 친구들이 의미심장한 말들로 운을 띄우면 나쁜 상상부터 했는데 지금은 아니었다. 유림에게서 어떤 말이라도 들을 준비가 되어 있었다. 그저 유림이 솔직하게 말해줬으면 했다.

"너, 그 4반 애랑 푼 것 같던데? 이제 걔랑 같이 급식 먹을 수 있지?"

"뭐?"

"나도 내 친구들이랑 먹는 게 더 편하거든."

이제 급식을 따로 먹자는 선언이구나. 한 박자 늦게서야 알아듣고 퍼뜩 대답했다.

"그래. 그렇게 하자."

"밥 맛있게 먹어."

유림은 대답도 듣지 않고 뒤돌아 가버렸다. 앞문에서 이미 유림의 다른 반 친구가 기다리고 있었다.

주변을 둘러보았다. 교실엔 아직 급식실로 향하지 않은 아이들이 있었다. 아무도 나를 보고 있지 않았지만 충분히 유림과 나의 대화를 들을 수 있는 거리였다. 수치심이 몰려들기 전에 속으로 얼른 되뇌었다. 방금 대화를 들었어도 아무도 신경 안 쓸 거다. 우리 반 아이들은 나에게 관심이 없다.

점심 한 끼 걸러도 큰일이 일어나진 않는다. 나는 아무렇지 않은 척 일어나 매점으로 향했다. 소보로빵과 딸기우유를 사서 구석 테이블에 앉았다. 옆 테이블에 앉은 선배들이 한 번 돌아보고 말더니 계속 수다를 떨었다.

너 어디야?

전솔에게서 메시지가 왔다. 급식실에서 강유림이 다른 아이와 밥 먹는 모습을 본 모양이었다.

매점에서 빵 먹는 중

급식 안 먹고?

현명한 선택이네. 오늘 식단 최악

어쩐지 나를 위로하려는 말로 들렸다. 나는 빵을 크게 베어 먹었다. 소보로빵과 딸기우유. 왜 이 조합이 끌렸을까 생각해 보니 어느 드라마인가 영화에서 주인공이 즐겨 먹는 조합이었다. 제목이 뭐였더라. 인터넷에 검색하면 나오겠지만 최대한 지금 상황과 멀리 있는 것에 집중하고 싶었다. 그렇게 머릿속으로 기억들을 헤집고 있는데 솔이 나타났다.

솔은 아무 말 없이 맞은편에 앉았다. 아이스크림의 포장을 천천히 뜯으며 말했다.

"마치고 서점 갈 거야."

같이 가달라는 말인가? 전솔이 무덤덤해 보여 나도 무심한 척 답했다.

"그래."

전솔도 그걸로 됐다는 듯 더 말하지 않고 아이스크림을 먹었다. 매점 창문 밖으로 푸른 나무와 교정을 걷는 학생들이 보였다. 나는 다시 빵과 우유를 먹었다. 체하지 않게 꼭꼭 씹어서.

6학년 여름 그날. 나에게 같이 놀자던 솔을 따라갔다면 어땠을까? 오지 않을 친구들을 기다리는 일은 없었겠지만 어차피 그 친구들은 나를 내치기로 결심했으니 크게 달라지는 건 없었으려나.

그렇다면 졸업 여행 날, 솔이 전학을 가지 않고 그 여행에, 그날 놀이공원에 함께 있었다면 어땠을까. 그때만 해도 솔과 나는 그저 얼굴과 이름만 아는 사이였을 뿐인데. 지금처럼 혼자 초라해진 내 앞에 솔이 앉아줬다면 무언가 조금은 나아지지 않았을까. 그런 생각을 하다 보니 울음이 터질 것 같아 빵을 먹는 내내 다른 말을 할 수 없었다.

"전에 보여준 거 있잖아. 결말 바꾸지 마."

솔이 불쑥 말했다.

"지금 결말이 더 좋아. 주인공이 마음의 지옥에서 해방되는 느낌이라."

'해방'이라는 단어가 와닿았다. 내가 왜 결말을 바꾸려고 했더라. 그것도 결국 유림의 말 한마디 때문이었다.

"……다들 그런 얘기를 좋아하잖아. 잘못한 사람이, 나쁜 사람이 크게 한 방 먹는 결말."

"고구마 말고 사이다, 뭐 그런 거?"

솔이 씩 웃었다.

"근데 왜 걔는 그냥 두려고? 걔도 너한테 잘못했잖아."

혹시라도 듣는 귀가 있을까 걔, 라고 둘러 말했을 텐데 누구인지 바로 알아들을 수 있었다.

"내 얘기를 베꼈다는 증거가 없잖아. 그리고 진짜로 베꼈다고 해도 그게 뭐 어때서. 그걸로 내가 쓰려고 했던 시나리오를 쓴 것도 아니고. 그냥 아이디어 차용 정도잖아."

"그래도 그 마음은 못된 거 아냐?"

"……."

유림이 정말 내 아이디어를 베꼈다면 그게 큰 잘못이 될까. 속으로 수십 번 곱씹은 질문이었다. 다른 책이나 영화. 혹은 인터넷에서 본 것들을 적당히 참고해서 서평을 쓴 아이들도 있을 거다. 그런 걸 잘못이라고 할 순 없었다. 하지만 감점을 당할 만큼의 잘못은 아니라고 해서 유림이 나에게도 잘못한 게 아닌 걸까?

이미 나는 알고 있었다. 만약 유림이 내 줄거리로 수행평가가 아닌 시나리오를 썼다면. 자기 이름을 걸고 어딘가에 올리기라도 했다면……. 그래도 난 먼저 시나리오를 완성하지 못한 나를 탓하면서 유림에게는 아무 말도 못 했겠지. 갈등이 무섭고 지는 게 두려워 저 멀리 도망갔겠지.

"이런 애매한 일로 싸우기 싫어."

"누가 너보고 싸우래?"

"……."

"그냥 알려주는 거야. 그건 잘못이라고."

"그다음엔?"

상대방이 인정도, 반성도 하지 않으면 결국 달라지는 건 없는 거 아냐? 어차피 크게 바뀌는 게 없다면 굳이 불편한 상황을 만들고 싶지 않았다. 고작 무언가를 알려주기 위한 싸움이라면 더더욱. 난 왜 이렇게 약한 걸까?

"해방되는 거지. 마음의 지옥에서."

"……."

"그거 정말 괴롭잖아. 누구 미워하고 증오하는 거."

솔이 차분히 말했다. 지옥, 괴로움, 증오. 방금 솔의 입에서 나온 말들과는 어울리지 않는, 너무나도 담담한 표정이었다.

너는 싫은 사람이 많다고 했었지. 그럼 네 마음은 늘 지옥 같은 거니?

궁금했지만 쉽게 물을 수 없는 말이었다. 솔의 마음은 어떻게 생겼을까. 감히 헤아리기도 덜컥 겁이 나서 나는 아무 말도 할 수 없었다.

# 너의 조각

 지난밤 꿈에 최은지가 나왔다.

 초등학교를 졸업한 후로 최은지는 종종 내 꿈에 등장했다. 주로 시험 기간처럼 스트레스가 심해질 때 그랬다. 꿈에도 레퍼토리 같은 것이 있는지 최은지가 나오는 꿈은 늘 비슷한 내용이었다.

 꿈에서 최은지는 얼굴이 잘 보이지 않는 다른 아이들 속에 둘러싸여 있다. 그 애들은 내가 보이지 않는 것처럼 행동한다. 나는 그들에게 다가가서 외친다. 야! 이 치사한 것들아! 혼자 외쳐대는 나를 그 애들은 끝까지 모른 척하거나 영문을 모르겠다는 눈으로 돌아볼 뿐이다.

 고모는 예지몽이나 데자뷔 같은 건 인간의 착각일 뿐이니

꿈에 나쁜 장면이 나와도 불안해하지 말라고 일러줬다. 그 후로 꿈에 너무 연연하지 않으려 했지만 꿈에서조차 최은지는 나에게 친근하게 대하질 않는다는 사실이 조금 슬펐다.

어제 꿈에서 나는 우리 교실 한쪽에 앉아 있는 그 애에게 다가가 물었다. 역시 꿈속이라 그런지 의지와는 다르게 엉뚱한 말들이 나왔다. 너 왜 도둑이 됐어? 너는 왜 나에게 사람을 죽이라고 시킨 거야? 있잖아. 너는 누가 죽는 모습을 본 적 있어?

잠에서 깨니 빗줄기가 창문을 두드리는 소리가 들렸다. 참 요상한 개꿈이네, 생각하며 침대에서 몸을 일으켰다. 머리를 감다가 문득 깨달았다. 꿈속에서 본 최은지가 마지막 장면에서는 강유림의 얼굴로 바뀌어 있었다. 꿈이란 왜 이렇게 제멋대로일까?

급식은 다시 규리와 먹게 됐다. 전솔에게 같이 먹자고 할까 잠깐 고민했지만 자꾸 내가 챙겨줘야 하는 친구로 보이는 게 싫었다. 다시 같이 급식을 먹자는 부탁에 규리는 곧장 알겠다고 하고는 더 묻지 않았다.

국사 수업엔 조별로 정해진 문화 유적을 조사해야 하는 과제가 남아 있었다. 선생님은 출석 번호를 기준으로 조를 정해줬다. 출석 번호는 가나다순이라 강유림, 김다애, 김주영 그리고 김이경이 한 조가 됐다. 그나마 주영이라도 없었다면 나는 온 우주가 나를 골탕 먹이려고 한다고 생각했을 거다.

도시에 있는 유적지를 탐방하고 보고서를 쓰는 숙제였다. 우리 조가 맡은 서원은 버스에서 내려 한참을 걸어가야 했다. 만나기로 한 장소에 도착했는데 강유림만 보이지 않았다. 수다를 떨고 있으니 단톡방에 강유림의 메시지가 떴다.

> 나 버스를 잘못 탔어…
> 급하게 내리긴 했는데 버스가 안 오네. 택시 타야 하나?
> 우선 너희끼리 먼저 가는 게 어때?

주영과 다애가 난처한 눈짓을 주고받았다. 이미 약속한 시간에서 20분은 훌쩍 지나 있었다. 어쩔 수 없이 우리 먼저 출발하기로 했다.

서원은 산속에 있었다. 서원이 금방 나오질 않아 다들 말수가 줄고 지쳐가던 차에 고양이와 만났다. 줄무늬가 선명하고 몸집이 커서 얼핏 새끼 호랑이 같았다. 호랑이를 닮은 고양이의 사진을 찍고 장난을 치다 보니 금세 기분이 좋아졌다. 숲길을 더 걸어가 드디어 서원에 도착했다.

우리는 서원 앞에 있는 안내문을 정독한 뒤 서원 곳곳을 꼼꼼히 보았다. 알지 못했다면 그냥 옛날 건물이네, 하고 무심히 넘겼을 부분들이 미리 조사를 하고 온 덕에 하나하나 눈에 들어왔다.

간간이 들려오는 새소리도 좋았다. 처음 도착했을 때는 쓸쓸하고 초라하게까지 보이던 유적이 불현듯 내가 상상조차 할 수 없는 긴 시간의 울림을 담아 고요히 진동하고 있다고 느껴졌다. 절로 겸허해지는 느낌이라고 해야 하나.

"되게 좋다."

내가 말했다.

"나도. 왜 쌤이 직접 보라고 했는지 알겠어."

"이거 하늘이랑 기와 같이 찍힌 거 좀 느낌 있지 않아? 폰 배경 할 거야."

두 사람도 웃으며 맞장구쳤다.

그렇게 꽤 긴 시간 서원을 둘러보고 나왔지만 유림은 나타나지 않았다. 서원을 다 보고 내려가는 중이라는 메시지에도 답장이 없었다. 처음에는 마주치기 불편한 유림이 오지 않아 내심 다행이었는데, 오다가 무슨 일이라도 생긴 건 아닌지 서서히 걱정됐다.

"전화라도 해볼까?"

내가 물었다. 한결 가뿐하게 산길을 내려오던 주영과 다애가 비슷한 표정으로 미소 지었다.

"강유림한테? 왜?"

"아까부터 답이 없길래. 무슨 일이라도 있나 해서."

"같이 급식 먹길래 친한가 했더니 정말이었구나."

다애가 말했다.

"……이젠 같이 안 먹어."

그렇게 대답하는데 어쩐지 민망했다. 사정을 대강 알겠다는 듯 다애가 고개를 끄덕였다.

"급식 먹자고 한 것도 강유림이고 따로 먹자고 한 것도 강유림이지? 걔 항상 그러잖아. 항상 우위에 있는 것처럼 굴고, 무슨 상황이든 자기 중심으로 만들거든. 근데 그게 대강 봐선 티가 안 나. 좋게 말하면 처세술이 좋은 거고. 나쁘게 말하면 애가 약았다고 해야 하나."

야, 하고 주영이 다애의 팔을 툭 쳤다. 다애는 멈출 마음이 없어 보였다.

"걔, 자기가 손해 보는 짓 절대 안 해. 아마 속으로 그 생각했을걸? 그냥 사진 찍어 오는 건데 굳이 자기까지 갈 필요가 있냐고."

"일부러 안 왔다고? 설마!"

주영이 질색했다.

"김주영, 너 알잖아. 나 걔랑 초중고 다 같이 다닌 거. 빤하지, 뭐."

"……."

"그래도 보고서는 기가 막히게 쓰겠지. 걔 똑똑하잖아. 나도 얻는 게 있으니까 쌤쌤으로 칠래."

저번 영어 조별 과제 상황이 그려졌다. 유림은 조장도 아닌데 상황을 자기가 원하는 대로 이끌었다. 좋은 점수를 받으면 그걸로 됐을 뿐 그 과정에서 누군가의 기분이 상하고 자기가 원망을 받게 되는 일 따윈 중요하지 않다는 듯이.

어쩌면 그때 유림은 나를 도와준 게 아니라 나 혼자 독해를 맡는 것보다 넷이서 나누는 편이 더 빠르고 효율적이라 생각해서 그랬던 걸까? 유림이 나서서 도와줬다고 고마워할 땐 언제고 이런 생각을 하는 내가 참 못나게 느껴졌다.

우리는 버스를 타고 학교가 있는 동네로 돌아왔다. 근처 카페에 자리를 잡고 유림에게 메시지로 장소를 알려줬다. 서로 조사해 온 자료를 공유하며 회의를 하다가 결국엔 수다로 이어졌다. 강유림은 한참 더 지나서야 등장했다.

"케이크 먹을래?"

강유림은 늦게 와서 미안하다는 말을 그렇게 대신하는 듯했다. 사주면 당연히 먹지, 주영이 능청스레 대꾸하자 유림이 웃으며 조각 케이크를 세 개나 주문했다.

유림은 우리가 찍어온 서원 사진을 보며 좋다, 사진 배치는 이 순서로 하자, 하면서 거리낌 없이 자기 의견을 늘어놓았다. 답사는 우리가 했으니 남은 과정은 자기가 책임지겠다는 듯이. 주영과 다애도 별다른 토를 달지 않았다. 왜 늦었는지, 어디에 있다가 여기로 바로 나타났는지 하는 것들도 묻지 않았다. 우리는 우리 몫을 했으니 나머지는 네가 알아서 해, 그렇게 암묵적으로 동의하는 건지도 몰랐다.

회의를 하는 동안 유림은 나와 눈을 마주치고 웃기도 했지만 말을 걸지는 않았다. 그렇게 은근하게 나를 배제하는 것이 워낙 자연스러워서 당사자가 아니고선 알아채지도 못할 것 같았다.

집으로 돌아가는 길. 나는 그동안 유림의 단면들만을 보고 있었다는 생각이 들었다. 오늘 일과 다애에게서 들은 이야기를 토대로 내가 알던 유림의 조각들을 모으니 이제야 유림이 어떤 아이인지 그림이 그려지는 듯했다.

그러나 누군가를 파악하는 것과 이해하는 것은 분명 다른 문제였다. 유림을 조금 알 것 같았지만 그 애의 어떤 행동들은 여전히 이해가 되지 않았다. 나쁜 의도가 있었다기보다는 그저 그 애의 특성에서 나온 행동이었을 텐데. 그래도, 나라면 그렇게 하지 않았을 텐데, 하는 생각이 뒤따랐다. 이상하게도 그게 조금 슬펐다.

또 익숙한 꿈을 꾸었다. 나는 초등학교 교실 안에 있다. 선생님이 나를 지목해서 교과서 몇 쪽을 읽으라고 했다. 자리에서 일어나 교과서 지문을 읽는데 다른 아이들이 거기 아닌데, 그렇게 읽는 거 아닌데, 하고 자꾸 토를 달았다.
 나 안 틀렸어. 왜 자꾸 나한테만 그러는 거야? 따지려 했지만 목소리가 나오지 않았다. 꿈에서 깨니 얼마나 안간힘을 썼는지 베개가 땀으로 젖어 있었다.

학교에선 몇 마디 하지 않은 채 하루를 보냈다. 종례가 끝나고 담임이 나를 교무실로 불렀다. 지난번 수련회를 다녀오고 나서도 담임은 나를 불러내서 수련회는 어땠는지, 요즘은 누구와 가깝게 지내는지 하는 것들을 물었다. 담임이 나에게 마음을 쓰는 이유는 알지만 이렇게 걱정스러워하는 시선은 어떻게 상대해야 할지 늘 어려웠다.
 "요즘에는 솔이랑 친하게 지내는 것 같던데?"
 솔과 내가 친하다고 하면 담임에게도 반가운 소식이겠지.

나는 얼른 고개를 끄덕였다.

"솔이는 요즘 좀 어떠니?"

솔이요? 제가 아니라요? 고개를 갸웃하다가 알았다. 아, 전솔도 원래는 나처럼 수련회에 불참하겠다고 했었지.

"원래 여기 살았잖아요. 그래서 금방 익숙해진 것 같아요. 솔이는 우리 반 애들이랑 다 친해요."

"그래. 그렇구나."

담임은 다른 말 없이 나를 교실로 돌려보냈다.

다들 집으로 돌아가고 교실은 비어 있었다. 전솔에게 담임이 너에 대해 물었다고 전해도 되려나? 그런 생각을 하며 가방을 정리하는데 앞문으로 누군가 들어왔다. 유림이었다.

이제 국사 숙제도 끝났으니 더더욱 나에겐 볼일이 없겠지. 모른 척 계속 가방을 챙기는데 유림이 다가왔다.

"담임이 너 왜 불렀어?"

그게 왜 궁금한데? 유림에게 쏘아붙이고 싶은 마음이 울컥 솟았다. 나는 담담해 보이려 애쓰며 말했다.

"별 얘기 안 했어."

"무슨 얘기길래?"

재촉하는 목소리에 짜증이 담겼다.

"전에 나 수련회 안 가겠다고 했었거든. 그래서 신경 쓰이

나 봐."

하지 않아도 될 이야기였다. 이런 상황에서도 친구 심기를 거스르는 게 무서워서 줄줄 다 말하고 있다니.

"되게 유난이네. 요새 그런 거 안 가는 애들이 얼마나 많은데. 한 명도 안 빠진 우리 반이 비정상이지."

강유림이 픽 웃었다. 근데 그게 왜 웃기지? 학교 안에서 남들이 당연하게 하는 걸 안 하거나 못 하는 아이들의 사정을 한 번이라도 궁금해한 적 있을까. 헤아리려고 한 적 있을까. 강유림은 아무 데나 비정상이라는 말을 갖다 붙이는 아이구나. 자꾸 삐딱한 생각들만 이어졌다.

"전솔 얘기는 안 했어?"

강유림이 물었다. 어떻게 안 거지? 아, 전솔도 원래 수련회에 안 가기로 했던 걸 아는 건가? 당황한 내 기색이 재밌다는 듯 보던 강유림이 덧붙였다.

"그 얘기 다 퍼졌잖아."

"······지금 무슨 소리를 하는 거야."

"아마 너도 아는 얘기일걸? 뉴스에 엄청 크게 나왔었는데, 몰라?"

도대체 무슨 말을 하려는 건지 모르겠지만 별로 듣고 싶지 않았다. 그때 주머니 속에서 휴대폰 진동이 울렸다.

오늘은 엄마랑 산책할게

혹시 기다릴까 해서

솔의 메시지였다. 응 알겠어, 그렇게 답장한 뒤 폰을 가방에 집어넣었다. 그동안에도 유림은 그 자리에 서서 나를 지켜봤다. 혹시 솔이랑 문자 한 것도 눈치챈 건 아니겠지? 강유림은 자기랑 대화하다 난데없이 폰을 만지는 게 기분 나빴는지 나를 보는 눈빛이 따가웠다.

교실에는 나와 강유림, 둘뿐이었다. 다시는 이런 기회가 없을지도 모른다. 이 기회를 놓치고 나면 나는 할 말을 하려다 하지 못하는 지긋지긋한 꿈을 또 반복해서 꾸게 될지 모르고.

"근데 너 정말 내 시놉시스 갖다 쓴 거 아니야?"

울컥 토하듯 말이 나왔다. 유림의 얼굴이 싸늘해졌다.

"아직도 그 얘기야? 애들이랑 선생님 붙잡고 물어봐. 그걸 표절이라고 할 수나 있는지."

"나도 알아. 베꼈다고 해도 별문제 안 된다는 거. 난 그 소재로 내가 쓰고 싶은 영화도 그대로 쓸 거야. 나는 그냥 네가 솔직하게 얘기해 주면 좋겠어. 그게 다야."

손목에서 스마트워치가 진동했다. 솔에게서 답장이 온 건가? 내가 멈칫하는 걸 보더니 유림이 갑자기 내 손목을 세게 잡아당겼다.

"혹시 지금 녹음해?"

"뭐?"

붙잡힌 내 손목 위로 스마트워치 화면이 반짝거렸다. 택배 알림 메시지였다. 유림의 눈빛이 흔들렸다. 늘 꼿꼿하고 당당한 강유림이 티 나게 당황한 모습을 보고 있자니 내 마음도 덩달아 불편해졌다. 봐선 안 될 것을 본 것만 같은 기분이었다.

"일부러 베낀 거 아냐. 기억에 남아 있다가 무의식적으로 반영됐겠지."

"……."

"뭐 그렇게 대단하고 새로운 얘기라고. 네 시나리오 그 정도 아니거든? 그러니까 너도 집착 좀 그만해."

유림은 이제 적의를 숨길 마음이 없어 보였다. 그 모습을 보니 더 하고 싶은 말이 없었다. 그래, 하는 말이 한숨처럼 새어 나왔다. 유림이 먼저 교실을 나갔다.

손목에서 얼얼한 감각이 느껴졌다. 통증인지, 착각인지 모를 느낌이었다. 누군가 아직도 내 손목을 세게 쥐고 있는 듯했다.

무슨 정신으로 짐을 챙겨 나왔는지 기억도 나지 않는데, 어느새 교문을 나서 걷고 있었다. 도망이라도 치듯 빠르게 걸었다. 그런데도 끝까지 지치지 않고 나를 따라붙는 건 녹음을 하냐고 묻던 날카로운 말도, 집착하지 말라는 비아냥 섞인 말도 아니었다. 몇 주 전 수련회 때 어두컴컴한 숲을 내려다보며 무슨 일이 생기기 좋겠다면서 웃던 얼굴이었다. 나는 왜 그때 알아채지 못했을까. 이번에야말로 내가 정말 눈치가 없었던 건가. 그때 그 얼굴도, 아까 솔의 이름을 들먹이며 내 반응을 떠보듯 살피던 얼굴도, 그저 흥밋거리를 찾는 얼굴일 뿐이었는데.

분한 건지 슬픈 건지 알 수 없는 기분이었다. 오늘 밤에도 지독한 악몽을 꿀 것 같다는 예감이 들었다.

## 비와 산책

솔은 감기에 걸렸다며 학교에서 온종일 마스크를 쓰고 지냈다. 초여름에 감기라니, 처음에는 의아했지만 금방 그 이유를 알 수 있었다. 솔의 자리는 에어컨 바로 아래였다.

솔은 체육 시간에도 마스크를 낀 채 체육관으로 왔다. 마스크 위로 보이는 눈이 평소보다 피로해 보였다. 나는 솔에게 가서 말했다.

"보건실에서 쉬는 게 어때?"

"싫어. 체육은 재밌단 말이야."

학교에서 재밌게 느껴지는 시간이 있다니. 아프다 해도 전 솔은 전솔이구나.

오늘 수업은 체조 연습이었다. 체육관 바닥에 매트를 깔고 한 명씩 차례로 손 짚고 옆돌기를 연습했다. 내 차례가 다가올수록 목뒤가 바짝 굳는 느낌이었다. 나는 엉거주춤 옆돌기를 시도하다가 그대로 철퍼덕 넘어졌다. 아이들의 시선을 애써 모른 척하며 솔에게 다가갔다.

"내가 볼 땐 김이경 넌 겁이 많아서 그래."

"너는 안 무서워?"

"응. 이런 건 안 무서워."

솔이 어깨를 으쓱하며 말했다. 그럼 뭐가 무서운데? 물으려다 말았다.

다음은 유림의 차례였다. 강유림도 옆돌기를 곧잘 했지만 마지막 착지자세가 조금 어색했다. 한쪽 발을 잘못 디딘 것 같았다. 주변에 있던 아이들이 다가가 괜찮냐고 물었다. 유림은 아무렇지 않다는 듯 고개를 저었다.

선생님의 감독이 느슨해지자 연습 대열에서 이탈하는 아이들이 많아졌다. 어느새 내 차례가 돌아왔다.

"발을 더 세게 굴러. 그래야 속도가 붙어서 회전하지!"

뒤에서 솔이 코치했다.

"생각하지 말고 냅다 돌아!"

"넘어지면 어떡해?"

"그냥 돌아봐. 내가 옆에서 잡아줄게."

"그러다 내 발에 네가 맞으면 어떡해?"

솔이 아오, 하면서 고개를 내저었다. 그렇게 솔과 실랑이를 하는 사이, 옆줄에 서 있는 강유림이 눈에 들어왔다. 강유림은 팔짱을 끼고 서선 구경하듯 이쪽을 바라보고 있었다. 나를 보는 건지 전솔을 보는 건지 알 수는 없었지만 어느 쪽이든 불쾌했다. 갑자기 온몸에 힘이 빠졌다.

"시간 끌어서 미안. 다음번에 할게."

왜? 괜찮아! 그냥 해! 솔의 뒤로 줄을 서 있던 아이들이 한마디씩 했다. 괜찮다고 말해주는 아이들을 보니 내가 더 한심스러웠다.

나는 구석에 앉아 아이들이 연습하는 모습을 지켜보았다. 자꾸만 강유림이 내 시야에 걸렸다. 강유림이 내 눈에 띄려고 하는 게 아니라 내가 자꾸 그 애를 의식하고 찾는 것이겠지만.

강유림이 다른 아이들과 뭐라 말을 하다가 웃음을 터뜨렸다. 남이 웃는 모습이 이렇게 꼴 보기 싫게 느껴질 수 있다니. 뭐가 그렇게 웃겨? 진심으로 웃겨서 웃는 건 맞아? 나는 다짜고짜 유림에게 가서 시비를 거는 내 모습을 상상해 보았다. 어울리지도 않을뿐더러 그다지 통쾌하지도 않았다.

기말고사가 다가오고 있어 다행이었다. 쉬는 시간에도 모여서 떠들기보다는 자리를 지키는 아이들이 많아졌다. 이런 분위기에선 종일 아무 말도 하지 않고 지내도 별로 이상해 보이지 않는다. 그리고 강유림과의 일도. 시험공부에 집중하다 보면 복잡한 생각들을 잠시나마 잊을 수 있었다.

아침부터 하늘이 희끄무레하더니 오후가 되자 비가 쏟아졌다. 빗줄기가 굵고 무겁게 내리는 비였다. 장마가 시작되려는 건가?

나는 비 오는 날을 노려보자던 찻집 언니의 말을 솔에게 바로 전했었다. 솔은 아직 때가 아니라고만 했다. 타임캡슐은 자기가 필요할 때 찾을 거라고. 아끼고 아꼈다가 중요한 순간 기회를 쓰겠다는 결연한 의지 같은 것이 느껴졌다. 솔은 정말 시간을 되돌릴 수 있다고 믿는 걸까?

마지막 수업은 수학이었다. 담임이 수업 도중에 찾아와 솔을 불러냈다. 복도 창문으로 무언가를 진지하게 말하는 담임과 솔의 모습이 보였다. 얼마 지나지 않아 솔이 들어오더니 책가방을 챙겼다. 아이들이 의아한 눈으로 돌아보며 잠시 어수선해진 사이, 담임이 수학 선생님에게 뭐라 작게 말했다.

솔은 교실을 나갈 때까지 누구와도 눈을 마주치지 않았다. 마치 이런 상황이 전에도 있었다는 듯 침착하게 짐을 챙기는 동작과 달리 마스크 위로 보이는 얼굴은 하얗게 질려 있었다.

　수업이 마치려면 20분 정도 남아 있었다. 겨우 20분이라도 먼저 급하게 나가야 하는 일은 도대체 뭘까. 이렇게 일상에 아주 작은 어긋남이라도 생기는 순간이 난 싫었다. 지루하고 재미없어도 괜찮으니 차라리 매일이 비슷하고 예측 가능하면 좋을 텐데. 강유림이 뉴스 어쩌고 하던 말이 떠올랐다. 솔에게 무슨 일이 있었든 그걸 유림을 통해서 알고 싶진 않았다. 나는 나쁜 상상들을 떨쳐내려 고개를 세게 저었다.

　저녁 늦게서야 솔에게 연락이 왔다. 솔의 어머니가 갑자기 복통으로 쓰러져서 병원 응급실에 와 있다고 했다. 몇 가지 검사를 받고 빨라도 내일 정도에야 나올 수 있을 거라고. 평소처럼 이모티콘이나 'ㅋㅋ' 같은 말을 붙이지 않고 일어난 사실만을 짧게 전하는 메시지였다.

> 너도 계속 병원에 있어?
> 다른 가족은?

　솔에게서 '나 말고는 없어'라는 답이 왔다. 아빠는 아직 직장에 계신가? 당장 올 수 있는 가족이 자기밖에 없다는 뜻일까 생각하다가 꼭 그런 것만은 아닐 수도 있다는 결론을 내렸다. 그동안 같이 산책을 하고 동네를 걸은 게 몇 번인데, 나는 솔을 이렇게나 잘 모르고 있었구나.

> 시루는 어떡해?

안 그래도 시루가 걱정이야
홈캠으로 보고 있는데
좀 불안해하는 거 같아

> 혹시 괜찮으면 내가 가서 봐줄까?
> 근처에서 짧게 산책도 시키고
> 시루는 실외 배변해서 산책 꼭 해야 하잖아

혼자서만 강아지를 돌본 적은 없는데, 내가 너무 나서는 건가? 괜한 말을 꺼낸 건가, 걱정하고 있는데 답이 왔다.

그래줄 수 있어?

> 응!

솔이 자기 집 주소와 도어록 비밀번호를 메시지로 보냈다. 나는 엄마에게 잠깐 친구를 만나고 오겠다고 하고 곧장 집을 나섰다. 솔의 집은 우리 집에서 얼마 걸리지 않았다.

현관을 열고 들어가니 시루가 중문 바로 앞까지 나와 문을 긁어댔다. 도어록 소리를 듣고 가족인 줄 알았을 텐데 내가 들어와서 놀란 듯하더니 금세 내 옷과 손에 코를 대고 킁킁거렸다.

많이 놀랐지, 솔이도 금방 올 거야, 그렇게 말하며 시루를 쓰다듬었다. 처음에는 가만히 있지 못하고 빙빙 돌던 시루가 점차 진정되는 게 보였다. 나는 고작 산책을 몇 번 같이 한 솔의 친구일 뿐인데. 내 서툰 손길에도 시루가 안정을 느낀다는 게 새삼 다행스럽고 고마웠다.

산책 채비를 하고 밖으로 나오니 오후 내내 내리다 그친 비에 바닥 여기저기에 물웅덩이가 고여 있었다. 솔은 원래도 비가 오는 날엔 짧게 산책한다고, 아파트 단지만 돌다 오면 될 거라고 했다. 시루와 단지 안을 조금 돌다가 집으로 돌아왔다. 혹시라도 돌발 상황이 생길까 봐 목줄을 짧게 잡고 다녔다. 시루는 불편했을 텐데 잘 참아줬다.

시루에게 밥을 먹이고, 산책을 하고, 배변까지 시키고 나니 긴장이 한결 풀렸다. 솔이 자정 전에 나올 수 있을 거라고 해서 나는 11시까지만 있다가 가기로 했다. 엄마에게 전화해서 상황을 설명하니 밝은 길로 조심히 오라는 말 말고 다른 잔소리는 하지 않았다.

"솔이는 12시쯤 올 거래."

내 말을 알아들은 건가? 동그란 방석 위에 누워있던 시루가 응답이라도 하듯 꼬리를 살랑, 흔들었다.

"전부터 묻고 싶은 게 있었어."

시루의 새까만 눈이 나를 향했다.

"넌 시루떡 색깔이라서 시루야?"

정말 궁금했는데. 시루는 아무 대꾸도 하지 않았다. 아님 솔이네 가족이 시루떡을 좋아해서?

시루는 나와의 대화가 재미없는지 텔레비전 화면으로 시선을 돌렸다. 솔이 틀어주라고 한 〈애니멀 농장〉이었다.

시루가 텔레비전을 보게 두고, 나는 일어나서 거실 책장을 구경했다. 전에 솔이 보내준 사진에서 본 큰 책장이었다. 내가 재밌게 본 영화 DVD도 많았다.

나의 눈높이와 같은 칸에 작은 액자가 있었다. 가족사진인 듯했다. 내가 알던 초등학생 시절 전솔이 그 안에 있었다. 그리고 그 옆, 솔과 비슷하게 생겼는데 키가 더 작은 아이가 검은 털빛의 강아지를 안고 있었다.

"시루야, 너 진짜 쪼그맸구나."

솔은 언제 타임캡슐을 묻었을까? 솔이 돌아가고 싶은 과거는 저 때쯤일까? 난 저 무렵이 기억을 덜어내고 싶을 정도로 정말 지옥 같았는데…….

다시는 돌아갈 수 없을 시절의 어린 솔을 보고 있자니 이상하게 마음이 울렁거렸다.

"……근데 너 안고 있는 이 여자애는 누구야?"

시루가 눈을 느리게 깜빡거렸다. 분명 나에게 뭐라 대답했다고 느껴졌지만 알아들을 수 없었다.

담임은 솔이 이번 주까지는 계속 결석할 거라고 했다. 아이들은 놀란 눈으로 비어 있는 솔의 자리를 돌아볼 뿐 아무도 선뜻 나서서 이유를 묻지 않았다. 조례가 끝나고 주영과 아이들이 내 자리로 찾아왔다.

"솔이 무슨 일 있어? 많이 아파?"

"그냥 감기 아니고 독감이었나 보다. 어떡해."

나는 그냥 고개만 끄덕였다. 선생님도 굳이 말하지 않았는데 내가 나서서 구구절절 상황을 전달할 필요는 없겠지.

"얼른 나으라고 문자 보내도 괜찮겠지? 답장은 안 해도 되는데."

"응."

"아니다. 이경이 넌 솔이랑 연락하지? 그럼 얼른 나으라고 전해줘."

"나도, 나도."

다들 걱정 가득한 얼굴이었다. 우리 반 아이들은 대부분 전솔을 좋아하니까. 어제까지만 해도 아픈 몸을 이끌고 체육 시간에 신나게 옆돌기를 하던 전솔이 갑작스럽게 결석이라니 다들 걱정하는 게 당연하다. 그런데 왜 나에게……?

어리둥절한 내 표정을 읽었는지 주영이 불쑥 말했다.

"이경이 네가 솔이랑 제일 친하잖아."

"내가?"

"응."

"……그런 걸 어떻게 알아?"

이상한 질문이었나? 주영이 웃으며 말했다.

"뭘 어떻게 알아. 딱 보면 보이잖아!"

옆에서 다른 아이들도 고개를 끄덕였다. 아이들은 암튼 안부를 잘 전해달라며 한마디씩 보태고 자리로 흩어졌다.

뭐라고 해야 하지. 아이들에게 인정이라도 받은 기분이었다. 늘 교실 구석에 별 존재감도 없이 쓸쓸하게 놓여 있는 존새인 줄 알았는데, 그게 아니었다고. 매일 혼자 있는 게 당연한 외톨이로 보는 줄 알았는데. 아이들이 솔과 나를 함께 묶어서 생각하고 있었다니.

수업이 끝나고 솔이 있는 병원으로 바로 향했다. 몇 년 전에 외할머니가 무릎 수술을 받았던 곳이었다. 그때 나도 외할머니와 엄마를 따라 몇 번 왔었다. 도시에서 제일 큰 병원이라 사람이 너무 많아 뭔가를 할 때마다 한참 동안 차례를 기다려야 했다. 기다리는 사람도, 이곳에서 일하는 사람들도 대부분 지치고 피로한 기색이었다.

로비를 구경하는 사이 솔이 내려왔다. 솔의 어머니는 검사실에 가서 두 시간은 있다가 나올 거라고 했다. 내가 기다렸다가 인사하고 가겠다고 하자 솔이 고개를 저었다.

"우리 엄마 머리도 제대로 못 감고 상태가 좀 그래. 그냥 다음에 봐."

"응."

"아직 염증 수치가 안 떨어져서 내일까지는 입원해서 지켜보자고 하더라."

"그렇구나."

"큰 문제는 아닐 거래. 이모가 아침부터 와서 봐주고 있어. 나도 이따 집에 가면 될 것 같아."

문자로 대화하면서도 느꼈지만 솔은 침착해 보였다. 나도 나중에 나이가 들면 엄마 아빠의 보호자 역할을 해야 하는 순간이 올 텐데 내가 그걸 할 수 있을까?

"너 이모랑 친해?"

내가 물었다.

"응. 친척 중에서 이모가 제일 좋아."

"난 고모랑 친한데."

"오? 고모랑 친한 애는 잘 못 봤는데."

"고모가 우리 엄마보다 내 비밀 더 많이 알걸? 엄마한테는 혼날까 봐 말 못 하는 거, 고모한테는 다 했어. 그래서 내 흑역사도 다 알아."

흑역사라는 말에 솔이 킥킥 웃었다. 너희 고모도 근처에 살아? 어떤 일을 하셔? 그렇게 물을 법도 한데 솔은 미소만 띤 채 더 묻지 않았다.

우리는 로비 카페테리아에 앉아 오가는 사람들을 관찰했다. 근래에 이렇게나 다양한 사람을 한 장소에서 한 번에 본 적이 있었으려나. 학생 혹은 선생님. 학교 안에선 이렇게 두 부류만 보고 지내서 그런가? 병원이나 터미널처럼 가지각색 불특정 다수가 모이는 곳에선 가끔 묘한 기분이 들었다. 일상의 얼굴을 하고 여기 모인 사람들은 속으로 어떤 생각을 하고, 어떤 불안과 비밀을 품고 있을까. 지금 여기 있는 사람들은 모두 내가 믿을 수 있는, 안전한 사람들이 맞을까?

"고모도 영화 좋아하셔?"

한동안 말없이 있던 솔이 물었다.

"응. 실은 고모 꿈이기도 했어. 영화 만드는 사람이 되고 싶다고."

"맞아. 너 그 시놉시스는? 얘기해 봤어?"

지금 상황에서 그런 건 하나도 중요하지 않을 텐데 솔은 진심으로 걱정하는 표정이었다. 그 눈을 보니 그냥 그러고 넘어갔어, 하고 대강 둘러댈 자신이 없었다.

"일부러 베낀 건 아니래. 자기도 모르게 그랬대."

"사과는 들었어?"

사과라니, 그런 건 애초에 기대하지도 않았는데. 그보다도 강유림이 솔이 네 얘기를 꺼냈어. 그런데도 나는 걔 입에서 나오는 얘기를 더 듣는 게 무서워서 그냥 모른 척했어. 남의 일을 가십거리 삼지 말라고, 나는 네 친구면서 걔한테 화도 제대로 못 냈어. 머릿속에서 그런 말들만 맴돌았다. 물론 절대 밖으로 꺼낼 마음은 없지만.

"……나는 너무 약한 것 같아."

지금 내가 꺼낼 수 있는 진심은 그뿐이었다. 가만히 나를 보던 솔이 말했다.

"넌 약한 게 아니라 착한 거야."

착하다니. 그 지긋지긋한 말에 울컥했다.

"그것도 싫어. 착한 사람 되고 싶은 마음도 없고."

"착한 게 왜 싫어? 다들 착한 척하느라 애쓰는데."

"……"

"하긴. 척도 안 하는 사람도 많긴 하다."

아주 어렸을 때. 선하고 정직한 주인공이 이런저런 고난을 겪다가 마지막엔 오래오래 행복하게 살았답니다, 하고 끝나는 옛날이야기를 읽을 때는 착하게 사는 것이 당연하다고만 믿었다. 심지어 선한 마음은 보상을 받으니까 결국엔 그게 더 이득 아니냐고.

하지만 동화와 도덕 교과서 바깥에 있는 세계를 보고 겪으면서는 점차 의문이 생겼다. 이 세상은 선한 사람들의 편이 맞을까? 잘못한 사람만 벌을 받는 게 맞을까? 희생자나 피해자가 될 바엔 차라리 가해자가 되는 편이 덜 비참한 것은 아닌가?

"근데 너 왜 안 물어봐?"

솔이 물었다.

"우리 집에 가서 봤을 거 아냐. 가족사진."

"……"

"엄마 입원했는데 아빠는 코빼기도 안 비치는 것도 이상하지 않아?"

궁금하긴 하지만 이상해 보이진 않아. 그렇게 답하려다 그냥 아무 말도 하지 않았다.

"여기로 다시 올 때는 엄마랑 나랑 시루만 왔어. 아빠는 살던 집에 그대로 있고. 아빠 회사 일도 있고, 여기 오는 거 아빠는 끝까지 반대했거든. 여기서 살다가 안 되겠으면 다시 오래. 나랑 엄마는 거기가 더 싫은데."

"그럼 동생도 아빠랑 있어?"

난 네가 무슨 대답을 하든 하나도 이상하다고 생각하지 않을 거야. 그렇게 생각하며 솔을 바라보았다. 솔과 나의 시선이 어긋났다. 분명 로비 어딘가를 보고 있는데 무엇을 보고 있는지 알 수 없는 눈빛이었다.

"사진에서 봤어. 너하고 똑같이 생겨서 동생이 아닌가 했는데……."

"맞아."

겨우 두 글자일 뿐인데, 어딘가 꽉 막힐 듯 먹먹하게 들렸다. 시루의 까만 눈이 떠올랐다. 그때 시루는 나에게 뭐라고 답했던 걸까.

"마음속으로 백번은 떠올리고 연습했던 것 같아."

"……."

"그런데도 어떻게 말해야 할지 모르겠어."

솔이 고개를 숙였다.

솔은 눈물을 흘리며 울지도 않았다. 아프다고 말하지도 않았다. 그런데도 그 애가 슬퍼하고 있다고 느껴졌다.

그런데 실은 말이야. 말이나 표정, 하다못해 그림 같은 것들로 기분을 애써 파악해야 할 필요는 없어. 감정은 전해지는 거고 저절로 느껴지는 거니까. 겉으로 표현하지 않아도 충분히 마음을 알 수 있고 통하는 사이 있잖아. 우리 이경이가 얼른 그런 소중한 친구를 만나게 되기를, 고모가 항상 기도할게.

고모가 여행을 떠나면서 남긴 글이었다. 이제야 그 의미를 알 것 같았다.

## 낯설고도 다정한

 영화를 만드는 사람이 되고 싶다고 생각하기 전부터, 나는 상상하기를 좋아했다.

 지금 나를 둘러싼 것들이 지루할 때 혹은 무언가 내 뜻대로 되지 않을 때. 머릿속에서는 지금 여기에서 얼마든지 벗어나 다른 세계를 그릴 수 있었다. 그땐 단순히 재밌다고만 생각했겠지만, 그건 알고 보면 마음을 달래는 한 방법이었는지도 모른다.

 고모가 나에게 인사도 없이 여행을 떠났다고 했을 때. 일주일, 한 달이 지나고 계절이 바뀌어도 돌아오지 않을 때. 아무에게도 말할 수 없었지만 혼자 조용히 생각했다. 어쩌면 고모는 나 모르게 죽은 게 아닐까? 어린 내가 충격을 받을까 걱정해서 가족이 나를 속이고 있는 게 아닐까? 내가 스무 살 쯤 되면 엄마가 사실을 말해주지 않을까?

솔과 병원에서 만난 날. 눈물도 마음껏 흘리지 못하고 우는 솔을 보고 나서야 깨달았다. 내 마음 아주 깊숙한 곳에서는 고모가 정말로 죽지 않았다는 사실을 이미 알고 있다는 것을. 고모가 지금 이 지구 어디쯤에서 무엇을 하는지는 알 수 없으나 언젠가는 돌아온다는 것도. 내가 영화 속 비극이라도 구상하듯 고모의 죽음을 상상할 수 있는 것은, 나는 아직 사랑하는 사람의 죽음을 직접 겪지 않아서 가능했던 것 아닐까.

동생은 지금 없어.

솔은 그렇게만 답했다. 아마 솔이 백번 연습한 말은 그것이 아니었겠지만.

지금 없다는 말은 정확히 무슨 의미인지, 왜 없어졌는지. 걸핏하면 궁금해하고 제멋대로 상상하는 나지만 이번엔 그럴 수 없었다. 그러지 않기로 했다.

교실은 여전히 낯설고 지루했다. 결석을 끝내고 돌아온 솔은 아이들과 더 크게 웃고 떠들어댔다. 솔의 어머니도 건강이 회복되어 무사히 퇴원했다고 들었다. 그렇게 모든 것이 다시 일상으로 돌아간 듯 보이던 사이, 드디어 기말고사가 끝났다.

은지 언니에게서 학교 근처에 있으니 만나자는 연락이 왔다. 수업이 끝나고, 나는 솔과 함께 언니가 있다는 빙수 가게로 향했다.

"시험도 끝났는데 하고 싶은 거 없어?"

언니가 물었다.

"집에 계속 있을 거예요."

정확히는 집에 틀어박혀 밀린 영화를 마음껏 볼 거란 뜻이었다. 솔이 옆에서 고개를 내저었다.

"난 하고 싶은 게 너무 많아서 못 골라."

"뭘 하고 싶은데?"

"바다도 가고 싶고, 시루 데리고 여행도 가고 싶어. 시험 치느라 못 본 웹툰도 몰아서 볼 거야. 아! 김제욱 드라마 〈서든리〉 새 시즌 나온다는 거 들었어? 그거 밤새 볼 거야. 그리고 머리 색도 바꾸고 싶은데 엄마가 잔소리할 테니까 그건 보류."

"좋네. 솔이 네가 이경이 좀 데리고 다녀."

"애 하는 거 봐서요."

솔이 능청스레 답했다. 나 참. 나도 어이없다는 표정을 지으며 대꾸했다.

언니는 아까부터 할 말이 있는 눈치였다. 혹시 타임캡슐 이야기가 궁금해서 그러나 했는데 언니 입에서 전혀 다른 말이 나왔다.

"너희 나랑 공연 보러 안 갈래?"

"좋아요!"

언니 말이 끝나자마자 솔이 외쳤다.

"누구 공연인데요?"

"여러 가수 나오는 페스티벌 공연이야. 이 중에 너희 취향이 한 팀은 있겠지."

언니가 말하는 공연을 검색해 보았다. 야외에서 아침부터 저녁까지 릴레이처럼 이어지는 공연이었다. 잔디밭에 돗자리를 깔고 앉아서 음식도 먹으면서 놀다가 마음에 드는 공연을 보러 다니는 식이었다. 공연보다는 소풍 느낌이었다.

언니는 같이 가기로 했던 친구들이 못 가게 됐다고, 함께 가주기만 하면 나머지는 자기가 알아서 할 테니 고민해 보라고 했다. 처음에는 가도 그만, 안 가도 그만인 듯 가볍게 말을 꺼낸 언니에게서 이야기를 들을수록 어떤 집념이 보였다. 좋아하는 것을 놓칠 수 없는 집념이라고 해야 하려나.

"너희 저녁까지 먹고 들어가도 되지? 먹고 싶은 거 없어?"

언니가 말했다.

"왜요?"

"왜긴 왜야. 시험 치느라 고생했잖아. 전부터 너희 맛있는 거 한번 사주고 싶었어."

언니는 정말 우리에게 저녁을 사줬다. 그리고 바로 운동을 하러 간다기에 우리 둘이서만 동네로 돌아왔다.

언니와 있을 땐 쉴 새 없이 재잘대던 솔은 다시 조용해졌다. 교실 안에서의 솔과 바깥에서의 솔이 미묘하게 다르다는 사실은 전부터 알고 있었다. 처음에는 어느 게 진짜 모습일까 궁금했는데 이젠 아니었다.

한참 생각에 빠져있던 솔이 혼잣말처럼 말했다.

"언니도 내가 불쌍해서 그런 건가?"

자조나 원망이 섞이지 않은, 정말 궁금해하는 말투였다.

"언니랑 할머니도 우리 집 얘기 다 알거든."

"내 생각에는……."

"응."

"언니는 그냥. 좋은 이웃이 되고 싶어서 그런 것 같아."

"……."

"그냥. 내가 언니라면 그럴 것 같아."

왜 그렇게 생각해? 이유가 뭐야? 누가 그렇게 묻는다면,

'그냥' 말고는 할 말이 없었다. 은지 언니의 속마음을 내가 다 알 수는 없을 테니. 하지만 언니라면 좋은 이웃, 좋은 어른이 되고 싶다고 생각할 것 같았다. 설명할 순 없지만 알 수 있었다.

공연에 가고 싶다고 하니 언니는 기다렸다는 듯이 티켓을 선물했다. 영화표의 몇 배가 넘는 가격이었다. 솔과 내가 그냥 받을 수 없다며 손사래를 치자 언니가 조건을 제시했다. 방학 전까지는 주말마다 찻집에 나와 일을 도울 것. 거기엔 찻집에 매일 방문하는 단골 고양이들의 밥을 챙기고 화단과 집 안 식물에 때맞춰 물을 주는 것들이 포함되어 있었다.

오늘도 오전 일찍 찻집에 나왔다. 오전 동안 이곳을 찾은 손님은 한 팀이었다. 귀엽고 총명하게 생긴 강아지가 함께 와서 시간을 보내다 갔다. 지난번 언니의 말이 농담은 아니었는지 찻집을 찾는 사람들은 모두 강아지를 동행했다.

점심에는 찻집 할머니가 말아주신 국수를 먹었다. 국수는 1.5인분쯤 되어 보였다. 든든하게 배를 채우고 허브차 냄새를 맡고 있으니 잠이 솔솔 왔다. 그렇게 탁자에 앉아 있다 깜빡 잠이 들었다.

꿈에서도 나는 이곳 화단에 있었다. 솔이 화단 흙으로 모래성을 지었다. 넌 친구도 많고 모래성도 되게 멋지게 잘 만드는구나. 나는 솔을 보면서 감탄했다.

모래성을 다 만들고 나니 모래성에 들어간 흙을 파낸 구덩이가 덩그러니 생겼다. 우리는 구덩이에 무언가를 묻었다. 동그랗고 반짝이는 작은 공이었다. 흙을 덮기 전에 솔이 여기에 비밀을 함께 묻자고 말했다. 여기에 꼭꼭 묻어두고 다시 파내기 전엔 절대 나를 찾아오지 못할 것을 묻자고. 떠올리기만 해도 울컥 솟구치는 것, 가슴을 답답하고 뜨겁게 만드는 것을 마음에서 꺼내 거기에 묻었다.

이제 마음의 지옥에서 해방되는 거야. 솔이 말했다. 솔도 나와 같은 것을 묻은 걸까?

어디선가 자꾸 바람이 불어와 모래성이 무너지는 게 아닌가 생각하다 잠에서 깼다. 일어나 보니 회전 모드로 돌아가던 선풍기가 나를 향해 고정되어 있었다.

선풍기 옆, 할머니가 탁자 위에 매실이 가득 담긴 대야를 놓고 무언가를 하고 있었다.

"솔이는 어디 갔어요?"

"시루 데리고 산책 갔지."

"은지 언니도요?"

할머니가 고개를 끄덕였다. 할머니는 이쑤시개로 매실 꼭

지를 하나씩 땄다. 매실청을 담글 매실이라고 들었다. 나도 그 앞에 앉아 동참했다.

"방금 자면서요. 꿈에서 화단에 뭘 묻었어요."

화단이라는 말에 할머니가 웃음을 터뜨렸다.

"아직도 그 얘기야?"

"그런데 할머니도 지나간 일을 꿈으로 꾸세요?"

"글쎄. 일어나면 기억이 안 나던데."

엄마 아빠는 무슨 꿈을 꾸고, 우리 할머니는 무슨 꿈을 꿀까? 지나온 시간이 길고 경험한 것들도 많은 만큼 과거가 나오는 꿈을 더 많이 꾸는 건 아니려나?

"어릴 때는 이상한 꿈을 꾸면 되게 무서웠거든요. 이젠 그렇진 않아요."

"다행이네."

할머니가 미소 지었다.

"그래도 여전히 불안하고 걱정되는 건 많아요. 예측도 안 되고 제가 의도한 대로만 이뤄지지 않는 건 꿈이나 현실이나 비슷한 것 같아요."

"마음이 여기 있으면 불안할 게 없지."

마음은 이미 여기 있는 거 아닌가요? 할머니의 말이 이해가 될 듯 되지 않았다.

"지금은 손에 있는 매실에 집중하는 거지. 그러면 지나간 일이 무슨 의미가 있고 일어나지 않은 일이 무슨 영향을 주냐는 말이야."

나는 매실 한 알을 손에 쥐어보았다. 동글동글하면서도 표면은 거칠고 또 딱딱했다.

"매실청 담그면 언제 먹을 수 있어요?"

"올해 겨울은 지나야지."

이제 더워지기 시작했는데 겨울까지 기다려야 한다니. 그때쯤이면 나는 한 학기를 더 보내고 2학년이 되겠지. 2학기에도 조별로 하는 과제가 있을 텐데, 유림과 같은 조가 되면 어쩌지? 내가 기대하는 일은 보통 이루어지지 않으니 솔과 나는 내년에 다른 반이 되려나. 다가올 계절과 견뎌야 하는 시간을 헤아리니 온갖 상념들이 파도처럼 밀려들었다.

다시 손안의 매실을 꼭 쥐어보았다. 지금 내 머릿속을 메운 것 중 여기에 실재하는 것은 매실 한 알 뿐이었다. 나를 괴롭히지도 않고, 내가 미워할 이유도 없는 단단한 초록빛 매실. 그 생각을 하니 마음이 고요해졌다.

은지 언니가 운전하는 차를 타고 페스티벌 공연장에 도착했다. 공연장은 잔디가 넓게 깔린 공설 운동장이었다. 무대

바로 앞은 스탠딩으로 공연을 보는 사람들이 모여 있었고, 그 뒤로 돗자리를 깔고 앉아 관람하는 넓은 공간이 구분되어 있었다. 우리는 적당한 곳에 돗자리를 펼쳤다.

여기선 무대가 잘 보이지 않아 전광판으로 공연을 봐야 했다. 함께 음식 부스에서 사온 떡볶이를 먹으며 공연을 보던 언니가 갑자기 젓가락을 내려놓더니 비장하게 말했다.

"나는 스탠딩 존으로 갈 거야."

점점 더 많은 인파가 무대 앞 구역으로 몰려들고 있었다. 입장할 때 받은 공연 순서표를 살펴보았다. 다음은 에이세븐의 메인 보컬 Y의 무대였다.

"솔로 앨범을 냈었구나. 몰랐어."

옆에서 솔이 말했다. 나도 그랬지만 솔도 아이돌 그룹은 잘 모르는 모양이었다.

"너희 설마…… 에이세븐 안 좋아하니?"

"안 좋아하진 않아요!"

내가 황급히 답했다.

"어쨌든 가까이서 볼 의향은 없는 거지?"

여기서도 충분히 노래가 잘 들리고 즐거운 데다 저 빽빽한 인파 속으로 들어갈 엄두가 나지 않았다. 슬쩍 솔의 표정을 살피니 나와 비슷한 생각 같았다. 언니가 이해한다는 듯 고개를 끄덕였다.

"나 다음 무대만 보고 올게. 너희끼리 있을 수 있지?"

"이상한 사람 안 따라가고 얌전히 있을게요."

솔이 장난 가득한 목소리로 말했다. 언니는 가방에서 주섬주섬 무언가를 꺼내 챙겼다. 응원봉과 슬로건, 입장할 때 받은 우비 같은 것들이었다. 언니가 돗자리를 떠나고, 그렇게 솔과 나만 남았다.

음악 소리가 멈췄다. 이번 가수의 무대가 끝나고 다음 순서까지 무대를 정비하고 쉬는 시간이었다. 여기저기서 엇, 하는 소리가 터져 나왔다. 빗방울이 떨어지고 있었다.

"비 온다."

솔이 말했다. 이미 오후에 비 예보가 있던 터라 아까 입장 부스에서도 관객들에게 우비를 하나씩 나눠 줬다.

"비 오는데 앉아 있으니까 정말 비 맞는 기분이네."

"그러게."

"저기 더 구경하다 올래? 아까 제대로 못 봤어."

솔이 말하는 '저기'는 잔디밭 바깥으로 음식 부스가 줄지어 있는 곳이었다. 우리는 우비를 챙겨 입고 돗자리 밖으로 나왔다.

뒤에서 일어서서 보니 무대부터 잔디밭 위를 가득 채운 관

중들까지 한눈에 들어왔다. 시야에 들어오는 모두가 신나고 들뜬 얼굴이었다. 우비를 미처 입지 못한 사람들이 우리 앞을 지나쳐 종종걸음으로 달려갔다. 그 사람들은 같은 인형을 가방에 달고 있었다. 은지 언니의 가방에도 달려 있는 인형이었다. 같은 색의 리본을 단 사람들을 볼 때처럼 알 수 없는 안도감이 들었다. 생전 처음 보는 그들이 가깝게 느껴졌다.

음식 부스 앞에는 사람들이 음식을 먹고 갈 수 있도록 간이 천막이 설치되어 있었다. 우리는 천막 가장자리 아래에 섰다.

"근데 타임캡슐은 언제 찾을 거야?"

내가 물었다. 솔은 멍하니 어딘가를 바라보고 있었다. 그 애의 시선이 닿아 있는 곳은 무대 위일 수도, 잔디밭 위 사람들일 수도, 혹은 지금 여기에 없는 무언가일 수도 있었다.

"정말 과거로 돌아가고 싶을 때 찾을 거야?"

가만히 있던 솔이 고개를 저었다.

"아니. 돌아갈 필요 없을걸."

"……"

"어차피 나는 계속 멈춰 있었으니까."

툭, 툭. 빗줄기가 천막 지붕을 때리는 소리가 커졌다.

"동생 죽고 나서는 계속 그랬던 것 같아. 밖에서 이제 괜찮은 척, 아무 일도 없었던 척, 웃고 떠드는 건 별로 안 힘들어. 그냥 껍데기만 그러고 있는 거니까. 그런데 속으로는 내가 정말 살고 있다는 느낌이 안 들었어. 그날에서 하루도 안 지난 것 같아."

"……."

"지금도 봐. 이렇게 다들 즐겁고 시끄러운 곳에서 이런 얘기를 하는 인간이 나 말고 어디 있겠어?"

결석을 끝내고 나서 솔은 아무렇지 않은 얼굴로 학교로 돌아왔다. 가족이 다 함께 떠났던 도시를 셋만 돌아올 때 솔은 어떤 표정이었을까. 그동안은 솔을 보면서 사람에게 상처받은 적 없어서 저렇게 잘 웃고 크게 떠들 수 있는 거라고 생각했지만 이제는 안다. 전솔이 원래의 자신을 잃지 않기 위해, 잊지 않기 위해 얼마나 안간힘 쓰고 있는지.

"있잖아. 전에는 솔이 네가 왜 그렇게까지 산책을 열심히 하는지 사실 좀 의아했어."

빗소리에 내 목소리가 묻힐까 봐 조금 더 힘주어 말했다.

"매번 가는 길인데도 시루는 처음 보는 것처럼 신기해하고, 냄새 맡고, 되게 좋아하잖아. 뭐가 저렇게 재밌을까 했는데 보다 보니 알겠더라."

천막 아래에 있는데도 어디서 날아왔는지 모를 빗방울이

얼굴을 때렸다. 눈가에 묻은 빗방울을 훔쳐내는데 꼭 내가 우는 것 같다는 생각이 들었다.

솔에게 말해주고 싶었다. 시루와 오랜 시간 거리를 걸어온 솔이 더 잘 알고 있겠지만. 더럽고 위험한 것들이 널려 있는 거리지만 그만큼 눈부시게 아름다운 것들도 있다고. 시선을 낮추고 발걸음을 늦추어야만 더 자세히 볼 수 있는, 나날이 색을 달리하는 나무와 꽃잎, 거리의 동물과 계절마다 다른 공기의 냄새 같은 것들이 있었다고.

빗줄기가 자꾸만 뺨을 타고 흘러내렸다. 목 끝까지 차오른 말들이 있었지만 밖으로 꺼내면 울음이 되어버릴 것 같아 꾹꾹 눌렀다. 그런 나를 지켜보던 솔이 말했다.

"가끔 맞은편에서 오는 사람 중에 그런 사람이 있거든. 일부러 가까이 다가오거나 하지도 않고, 눈으로만 시루를 계속 보는 거야. 호의 가득한 눈으로. 그러면서 또 내 얼굴은 절대 안 봐. 나는 강아지만 궁금하고 인간은 관심 없거든, 하는 것처럼."

"……"

"난 그런 사람들이 반갑더라. 그런 사람들이라면 마음껏 다시 좋아할 수 있을 것 같아."

"……"

"우리가 모르는 사이였고 그냥 한동네 살아서 길에서 우연히 마주쳤다면, 김이경 너도 그랬겠지."

사람을 다시 좋아할 수 있을 것 같다고, 그 말이 물웅덩이 위로 떨어진 빗방울처럼 잔잔한 파동을 울리며 퍼지는 듯했다. 내가 눌러 담은 말을 솔이 대신 한 것 같았다. 다시 문밖으로 나서게 하고 또 하루를 버티게 하는 아주 작고 사소한 순간들에 대해. 솔은 자기가 멈춰 있는 것 같다고 말했지만 실은 그렇지 않은 거다. 매일 거리로 나가 낯설고도 다정한 사람들 사이에서 시루와 걷는 동안 솔의 시간은 흐르고 있었을 테니.

"근데 여기 있어도 비 다 맞네."

솔이 투덜대듯 말했다.

"그러니까 말이야."

"그만 가자."

"그래."

우리는 천막 밖으로 나왔다. 톡, 톡. 빗방울이 우비 모자와 어깨 위, 손등을 때렸다. 이렇게 우산도 없이 온몸으로 비를 맞은 적이 있었던가? 온 감각이 새로 깨어나는 기분이었다. 그게 나쁘지 않았다.

저 멀리, 무대 위 조명이 다시 켜졌다. 다음 무대가 시작할 시간이었다. 기대에 찬 사람들의 환호성이 터져 나왔다. 누구도 그러자고 말하지 않았는데, 우리는 저기 모여 있는 사람들을 향해 달리기 시작했다.

# 장마가 지나고

장마가 지나니 여름 냄새가 짙어졌다.

방학식 날 오전에는 교실 대청소를 했다. 환기를 위해 에어컨을 끄고 모든 창문을 활짝 열었다. 후더운 바람이었지만 진짜 공기를 맡고 있으니 숨을 제대로 쉬는 느낌이었다.

청소가 끝나고, 이번 학기 마지막 종례였다. 선생님은 학년이 끝나는 것도 아닌데 자리에 앉은 아이들의 얼굴을 하나하나 자세히 보았다.

"방학이라고 너무 열심히 놀지 말고."

에이, 하는 탄식들이 터져 나왔다.

"혹시 또 뉴스에 나올 만한 일이 생기면 선생님한테 미리 알려주면 좋고."

선생님이 미소를 띤 채 말했다. 누군가가 "그걸 어떻게 미리 알아요?"하고 장난스럽게 대꾸했다. 다른 아이들도 웃으며 솔과 나를 번갈아 보았다.

며칠 전, 지역 뉴스에 페스티벌 현장이 나왔다. 공연을 소개하는 내용이라기보다는 한동안 방치되어 있던 야외 운동장을 이렇게도 활용할 수 있다는 데 중점을 둔 기사였다. 그날 가장 관객 호응이 좋았던 Y를 포함해서 여러 가수의 무대 장면과 스탠딩 구역에서 뛰어노는 사람들이 차례로 나오다가 음식 부스를 보여주는 장면이 나왔다. 그리고 그 부스들 앞으로 우비를 덮어쓴 채 감자튀김 박스를 들고 느긋하게 걸어가는 솔과 나의 모습이 포착됐다.

우리는 그날 방송국 카메라가 온 줄도 몰랐는데, 우연히 뉴스를 본 언니가 'ㅋㅋㅋㅋㅋ'하는 메시지와 함께 화면을 캡처한 사진을 보냈다. 그 사진을 솔이 톡 프로필 사진으로 설정해 버려서 우리 반 아이들과 선생님도 보게 됐다.

뉴스에는 꼭 안타깝고 화나고 나쁜 일만 나오는 건 아니구나. 그 당연한 사실이 너무나도 새삼스럽고 또 다행이었다.

방학식이 끝나고는 이미 먼저 방학을 한 은수와 같이 만나서 놀기로 했다. 규리와 교정을 내려오는데 익숙한 뒷모습이 보였다.

"잠깐만. 나 인사 좀 하고 올게."

"누구랑? 빨리 갔다 와."

마침 규리의 휴대폰에 은수 이름이 떴다. 규리가 전화를 받는 사이, 나는 저만치 혼자 걸어가는 유림에게 다가갔다. 유림과 나의 거리가 가까워질수록 심장박동도 높아졌다.

"강유림."

유림이 뒤돌아보았다. 우리는 교문 앞을 피해 화단의 큰 나무 아래에 섰다. 나는 휴대폰 화면을 내밀었다.

"나한테 왜 이런 걸 보낸 거야?"

침착하기로 마음을 먹었는데도 목소리가 떨렸다. 유림은 태연한 얼굴로 나를 보았다.

"애들이 이거 전술 얘기라길래."

"그러니까. 이걸 왜 나한테 보냈냐고."

"너 걔랑 친하잖아. 그럼 알고 있어야지."

유림은 무덤덤해 보였다. 차라리 그 애가 비아냥거리기라도 했으면 싶었다. 저렇게 아무렇지 않은 얼굴로 남에게 상처를 주는 사람의 마음은 어떻게 생겨먹었을까. 유림이 이해가 될 것 같다가도 또 되지 않았다.

"걔 진짜 대단하다. 나 같으면 그렇게 생각 없이 웃는 얼굴로밖에 못 다녀."

"……."

"이경이 너도 그래. 쟤가 너 무시하는 거 뻔히 알면서 그걸 참고 같이 노는 거야?"

강유림이 저만치에서 통화를 하는 규리 쪽을 보며 말했다.

지난번, 빈 교실에서 나눈 대화가 떠올랐다. 내가 표절을 의심하던 마음과 자기 말을 녹음하는지 의심하던 유림의 마음은 얼마나 같고 또 다를까. 세상과 사람이 나에게 그렇게 호의적이지 않다는, 언제라도 돌변해선 나를 공격할 수 있을 거라는, 그런 비뚤어진 믿음은 하루아침에 만들어지는 것은 아닐 거다. 그 의심에 이르기까지의 마음이 얼마나 지옥 같았을지, 나는 알 수 있었다.

그렇게 유림의 한 조각을 이해하고 나니 이상하게 화가 나지 않았다. 심장이 뛰고 속이 울렁거렸지만 화가 나고 유림이 미운 것과는 분명 다른 느낌이었다. 왜 내가 느끼는 것을 유림은 알지 못할까. 아니면 알려고 하지 않는 걸까. 어느 쪽이든 이제 상관없었다. 남의 고통에 공감하지 못하는 것. 그건 마음 어딘가에 구멍이 뚫린 인간, 무언가 결여된 인간만이 그럴 수 있는 것일 테니까.

아마 강유림은 자신의 어디가 고장 난지 모르는 채로 어른이 되지 않을까. 그 생각을 하니 그 애가 그저 안타까웠다.

"그동안 나 챙겨준 건 고마웠어. 안녕. 방학 잘 보내."

"……."

"그리고 나나 다른 애들한테 이런 거 한 번만 더 보내면, 그땐 그냥 안 넘어갈 거야."

"뭐?"

"잘난 척하지 마. 알고 보면 강유림 네가 제일 불쌍해."

유림은 붉어진 얼굴로 아무 말도 하지 못했다. 내가 먼저 돌아섰다.

규리가 아직도 통화를 하고 있었다. 은수와 둘이 무슨 이야기를 하는지 깔깔거리며 즐겁게 웃는 얼굴이 멀리에서도 훤하게 보였다.

나는 규리에게 걸어가면서 유림이 보낸 문자를 다시 열어 보았다. 2년 전 기사 링크였다. 빗길 음주운전, 뺑소니, 여아 사망, 구속. 읽지 않으려 하는데도 몇몇 단어들이 시야에 걸렸다. 어쩌면 가슴에 걸린 걸지도 몰랐다. 나는 메시지 삭제를 눌렀다.

나는 너에게 하고 싶은 말을 했으니 네가 나오는 꿈 따위는 꾸지 않을 거야.

다만 아주 오랜 시간이 흘렀을 때, 네가 네 행동을 조금은 부끄러워했으면 좋겠어.

이제 내가 유림에게 바라는 것은 그것뿐이었다.

규리에게 보여주고 싶다고 생각하면서 썼던 시나리오가 공모 예선을 통과했다. 예선은 온라인으로 시나리오 파일을 보내면 됐지만 본선은 백일장이나 사생대회처럼 한 장소에 모여서 정해진 시간에 제시된 주제로 글을 쓰는 방식이었다.

본선이 열리는 도시까지는 기차로 한 시간 넘게 가야 했다. 엄마한테 말해볼까, 아니면 그냥 혼자 갈까, 고민하다가 솔에게 함께 가줄 수 있는지 물었다. 바다를 보러 가고 싶다던 말이 떠올라서였다.

본선은 어느 대학교 건물에서 치러졌다. 본선이 끝나고 나서 우리는 버스를 타고 해변과 가까운 동네로 나왔다. 여기선 대중교통을 타고 바다에 갈 수 있다니 놀랍기만 했다.

"이번에 오가는 길 잘 익혀서 가을에는 여기 영화제 보러 또 올 거야."

"혼자 오려고?"

솔이 호두과자를 먹으며 물었다. 영화제에 함께 온다면 좋겠지만 영화는 각자 따로 보는 게 나을 듯했다. 솔이 좋아한다는 히어로들이 떼 지어 나오는 영화는 내 취향이 아니었다. 3시간이 넘는 러닝타임에 영화를 보다가 상영관에서 졸았던 적도 있었다.

"한 10년 후에는 네가 쓴 영화가 여기서 상영할 수도 있는 건가?"

솔이 야외극장을 둘러보며 말했다.

"말도 안 되는 소리."

"뭐가 말이 안 돼? 내기할래?"

내기하자고 말을 꺼내는 사람이 높은 확률로 지는 법. 솔은 그것도 모르는 모양이었다.

우리는 야외 관객석에 앉았다. 선선한 여름날 밤이나 영화제 기간에는 이곳에서 야외 상영을 한다고 들었는데, 평소에는 동네 공원과 크게 다르지 않아 보였다. 강아지와 걷는 사람, 커피를 들고 걷는 사람, 헤드셋을 쓰고 걷는 사람. 우리는 그렇게 이 앞을 걸어가는 사람들을 구경했다.

낯선 도시에 친구와 둘이서만 있다는 것이 실감되지 않았다. 몇 시간이든 여기에 앉아 지나가는 사람들을 볼 수 있을 것만 같았다.

"이거 아까 옆자리 애한테 받았어. 개도 같은 1학년이래."

아까 대회가 시작하기 전, 옆자리에 앉은 아이가 나에게 초콜릿을 건네며 말을 걸어왔다.

"나한테 무슨 영화 좋아하는지 물어보는 거야. 내가 이 영화 좋아한다고 하니까 깜짝 놀라더니 가방에서 이걸 꺼내 줬어. 자기는 집에 또 있대."

"좋아하는 게 같은 사람을 만난 거네."

솔이 내가 받은 포스터 엽서를 살펴보며 말했다. 나는 고개를 끄덕였다. 생각해 보면 그 아이뿐만 아니라 그 공간에 있던 모두가 나와 비슷한 것을 좋아하는 사람들일 테였다.

"대회장 가기 전엔 걱정했거든. 경쟁 상대를 직접 보는 거니까. 그 속에 앉아 있기만 해도 좀 기죽을 것 같았어."

"실제로도 그랬어?"

"아니. 그냥 좋았어. 신기하기도 하고."

이미 본선 결과에 대해서는 기대를 내려놓았다. 더 많이 보고 공부해야 한다는 걸 체감한 것만으로도 충분했다.

이제 다시 돌아가는 기차를 타러 가야 할 시간이었다. 가방을 챙겨 일어나려는데 솔이 불렀다.

"김이경."

나를 보는 솔의 머리카락이 가볍게 흔들렸다.

"나 보고 싶은 이야기가 있어."

"응. 뭔데?"

"다음에는 미워하는 이야기 말고. 화해하는 이야기 써줘."

"그래."

좋아, 나는 고개를 끄덕였다.

어긋나 있던 시간이 비로소 맞춰지는 듯했다. 아주 나중에, 이 장면을 쓰게 될 것 같다는 예감이 들었다. 나에겐 꿈의 장소였던 야외극장에 앉아 이야기하는 두 사람.

습기를 머금은 바람이 어디선가 불어왔다. 나는 더 크게 숨을 쉬었다. 이 낯선 공기도, 다가올 내일도, 더는 두렵지 않았다.

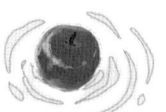

### 작가의 말

작품을 발표할 때마다 소설 속 인물 중 누구와 가장 닮았다고 생각하느냐는 질문을 자주 받는다. 내가 쓴 작품이나 인물들을 두고 '가장', '제일' 같은 표현을 쓰고 싶지 않은 마음에 그때그때 다른 인물을 들어 답했지만 속으로는 매번 생각했다. 첫 작품인 『우리의 정원』 속 '투덜이 참새'가 실은 나와 제일 닮지 않았을까 하고. 이해할 수 없는 것들도 많고 불만도 너무 많아, 싫어하는 것들을 모아 책 한 권을 쓴 투덜이 참새 말이다.

왜 나는 불친절하고 무례한 사람들을 더 많이 생각할까, 비극적인 뉴스가 끊이지 않는 세상에서 낙관을 잃지 않고 살아간다는 게 과연 가능할까. 오래 이어져 온 고민들을 한 번은 밖으로 꺼내 보고 싶어 이 이야기를 썼다. 이경의 선함과 솔의 단단함에 함께 기대어, 무언가를 쉽게 미워하려는 마음에서 한 발이라도 벗어나 보고 싶었다.

이 이야기를 쓰면서 내가 영화관과 영화를 꽤 좋아하는 사람이라는 것을 알게 되었다. 소설 속에서 이경과 은지가 함께 본 영화는 〈플로우〉다(나는 이 영화를 극장에서 네 번 봤다). 내가 이 이야기로 무엇을 말하려고 했더라, 문득 헷갈릴 때는 아이유의 〈Love wins all〉을 듣고 방향을 되찾았다. 시루의 이름은 2013년 영국의 한 번식장에서 구조된 강아지 루시와 루시법에게서 빌려왔다. 소설에 이경의 이모가 아닌 고모가 등장하는 이유는 내가 혜리의 고모이기 때문이다.

여전히 이해할 수 없고 미운 것들은 많지만 글을 쓸 때는 결국 내가 좋아하고 마음을 쏟는 것들을 가득 담게 된다는 것이 투덜이 참새와 나의 큰 차이점일 것 같다.

내 안에서 꺼낸 미움과 불신, 냉소가 이경의 마음을 거쳐, 읽는 사람에게 위로로 닿을 수 있다면 좋겠다. 작가에겐 가장 큰 욕심이겠지만 충분히 가능하다는 것을 알고 있다. 선한 마음이 지닌 힘을 믿기에.

2025년 여름

김지현

## 오늘의 기분은 사과

**초판 1쇄 발행** 2025년 6월 27일
**초판 3쇄 발행** 2025년 10월 10일

**지은이** 김지현
**펴낸이** 김선식

**부사장** 김은영
**콘텐츠사업본부장** 임보윤
**책임편집** 이슬  **책임마케터** 지석배
**콘텐츠사업10팀** 이슬, 이나영, 김유리
**마케팅2팀** 이고은, 지석배, 최민경, 이현주
**미디어홍보본부장** 정명찬  **브랜드홍보팀** 오수미, 서가을, 김은지, 박장미, 박주현
**채널홍보팀** 김민정, 정세림, 고나연, 변승주, 홍수경  **영상홍보팀** 이수인, 염아라, 이지연
**편집관리팀** 조세현, 김호주, 백설희  **저작권팀** 성민경, 이슬, 윤제희
**재무관리팀** 하미선, 임혜정, 이슬기, 김주영, 오지수
**인사총무팀** 강미숙, 이정환, 김혜진, 황종원
**제작관리팀** 이소현, 김소영, 김진경, 이지우, 황인우, 유미애
**물류관리팀** 김형기, 김선진, 주정훈, 양문현, 채원석, 박재연, 이준희, 이민운
**외부스태프 일러스트** 남수현

**펴낸곳** 다산북스  **출판등록** 2005년 12월 23일 제313-2005-00277호
**주소** 경기도 파주시 회동길 490
**전화** 02-704-1724  **팩스** 02-703-2219  **이메일** dasanbooks@dasanbooks.com
**홈페이지** www.dasan.group  **블로그** blog.naver.com/dasan_books
**종이** 스마일몬스터  **인쇄** 정민문화사  **코팅 및 후가공** 제이오엘앤피  **제본** 정민문화사

ISBN 979-11-306-7110-9 (43810)

· 책값은 뒤표지에 있습니다.
· 파본은 구입하신 서점에서 교환해 드립니다.
· 이 책은 저작권법에 의하여 보호를 받는 저작물이므로 무단 전재와 복제를 금합니다.

> 다산북스(DASANBOOKS)는 독자 여러분의 책에 관한 아이디어와 원고 투고를 기쁜 마음으로 기다리고 있습니다.
> 책 출간을 원하는 아이디어가 있으신 분은 다산북스 홈페이지 '투고 원고'란으로 간단한 개요와 취지, 연락처 등을 보내주세요.
> 머뭇거리지 말고 문을 두드리세요.